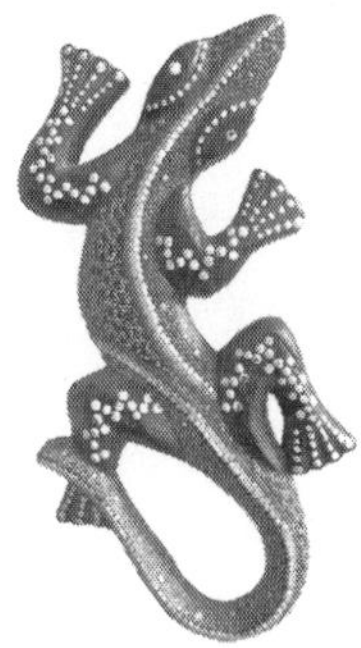

Lea Müller

Anders als erwartet

Band 3: Mein Eheleben

Edition Lagarto

Dieses Buch wurde auf chlor- und
säurefreies Papier gedruckt.

1. Auflage 2012

Titelfoto: © Lea Müller

Titelgestaltung: Heinz Kasper, www.printundweb.com

Satz: Heinz Kasper, www.printundweb.com

Druck und Verarbeitung: E. Kurz + Co., Druck und
Medientechnik GmbH, Stuttgart www.e-kurz.de
Printed in Germany

ISBN: 978-3-9523931-5-4

Herausgegeben von Lea Müller, Santa Cruz de Tenerife
in Zusammenarbeit mit Edition Lagarto
www.edition-lagarto.ch

Hochzeit

Am 27. Januar 1967 war unser Hochzeitstag. Früh morgens hatte ich den Termin beim Coiffeur. Ich bat ihn, kleinere Lockenwickler zu nehmen, sonst würden meine Haare nicht halten. So war es dann auch, als er die Lockenwickler herausnahm, fielen meine Haare einfach hinunter. Kein Problem, sagte der Coiffeur und kam mit einer Brennschere. Das liess ich nicht zu, weil ich wusste, dass mein Haar sich dagegen sträuben und ich mich danach einen Monat lang überhaupt nicht mehr kämmen konnte. Das wusste ich aus mehreren Erfahrungen. Er aber wollte mir versichern, dass er ein wissender Coiffeur sei, und dass ich eine falsche Meinung hätte, und fasste meine Haare an. Wütend stand ich auf, zahlte und ging nach Hause, um meine Haare nochmals zu befeuchten und einzuwickeln.

Damit ich zur Ziviltrauung gehen konnte, probierte ich mit Lockenwicklern eine Frisur zu machen, um wenigstens einigermassen gekämmt zu sein für die Ziviltrauung. Bald trafen Bruno und die beiden Trauzeugen ein. Sie holten mich, um aufs Standesamt zu gehen. Danach gingen nur wir, zu viert, zum Mittagessen.

Als ich Bruno von meiner Wut erzählte, wusste auch er eine böse Geschichte zu erzählen. Er hatte sein Auto parkiert, und als er zurückkam und ins Auto einsteigen wollte, wartete eine saftige Busse auf ihn.

Nach dem Essen pressierte ich nach Hause, um meine Haare selbst zu kämmen und mich in meine weisse Garderobe mit Schleier zu stürzen. Danach ging's los zur Kirche. Es schneite und ich musste auf meine Schleppe aufpassen. In der Kirche sangen meine Tante und Cousine sehr professionell das Ave Maria.

Das Hochzeitsfest war sehr schön und die Gäste waren zufrieden. Leider war mein Papa schon sehr schwach und von seiner Krankheit geprägt. Dazu kam die Trauer über seinen liebsten Bruder, der drei Wochen vorher verstorben war. All dies machte ihm zu schaffen. Er aber war froh, mich nun versorgt zu wissen, wie mir später erzählt wurde.

Nachdem Bruno und ich uns von den Gästen verabschiedet hatten, und ich nun die erste Sekunde nach der Trauung mit meinem Mann allein war, da kam dieses wahnsinnig schöne Liebesgeständnis: «Du Sauhure, du verdammte, dich bringe ich schon noch vom hohen Ross herunter.»

Ich war so entsetzt, dass sich jemand so primitiv äussern konnte. Sollte dies eine Liebeserklärung sein? Wie würde unsere anschliessende Hochzeitsnacht sein? Er wusste ganz genau, dass ich auch mit meinen dreissig Jahren immer noch keusch war, obwohl ich Giancarlo sieben Jahre lang kannte. Ich konnte Brunos Benehmen nur entschuldigen, indem ich annahm, er sei total betrunken.

Die Hochzeitsnacht verbrachten wir noch in meinem Mädchenzimmer, wo Bruno für die eine kurze Nacht mit der

Sonnenliege vorlieb nehmen musste. Mit einem Satz sprang er auf sein Lager, aber da klappte die Sonnenliege zusammen und hüllte ihn in die Decke und Kissen ein. Das war so köstlich und ich konnte nochmals herzlich lachen. Nur Bruno war so wütend, dass ich die unmöglichsten Wörter hörten musste.

Flitterwochen

Am Morgen, ziemlich früh, reisten wir in die «Flitterwochen» ins Engadin. Zwar planten wir Badeferien auf Madeira, aber weil es dort zufällig schneite, entschied sich Bruno, unsere Ferien nach Bever im Engadin zu verlegen. Leider nicht im Hotel, sondern Bruno besorgte eine Ferienwohnung, damit ich mich bereits schon an den Haushalt gewöhnen könne.

Bruno war ein guter Skifahrer, und deswegen hatte ich auf Weihnachten eine Skiausrüstung von ihm bekommen. Er musste mir sogar zeigen, wie man diese anzieht, da ich mich zuvor nur mit Eistanzen befasst hatte. Nun ging's ins Skigebiet, wo wir uns einer Skigruppe anschlossen. Bruno in der sechsten Klasse und ich natürlich bei den Anfängern. An einem leichten Abhang mussten wir lernen, hin und her zu fahren. Dann zum Kehren mussten wir einen Ski hochstellen und auf die Gegenseite legen, dann den anderen nachziehen.

Um zwölf Uhr kam Bruno, um mich fürs Mittagessen abzuholen. Den ganzen Morgen war es mir viel zu langweilig gewesen. Nun war ich froh, endlich den Berg hinunter zu sausen. Mit den Stöcken stiess ich ab, für noch mehr Geschwindigkeit. Bruno rief mir zu: «Halt an, halt an! Das ist viel zu gefährlich.»

Ich aber wollte nun etwas Skifahren. Leider kam ich auf einen schmalen Fussweg, wo mir Leute entgegen kamen. Weil ich noch keine Ahnung hatte wie man bremst, setzte ich mich einfach hin zum Stoppen und alles war gut. Bruno, der mir nachgerufen hatte, schimpfte: «So einen Blödsinn zu machen, wenn man nicht Skifahren kann.»

Am Abend war ich todmüde und wollte nur noch schlafen. Doch Bruno hatte Hunger. Zudem waren wir frisch verheiratet, womit ich noch andere Verpflichtungen hatte. Obwohl ich stark bin, war es für mich viel zuviel. Denn ich war noch keusch und nun blutete ich fürchterlich. Ja das hörte gar nicht mehr auf, ich musste Bruno bitten, mir Binden zu bringen, weil ich die Toilette so nicht verlassen konnte. Obwohl die Periode gerade aufgehört hatte, blutete es am folgenden Tag immer noch und es brannte mich stark. Ich war einfach geschwächt und immer todmüde und auch psychisch am Ende, weil ich ohne Zärtlichkeit nur Schmerzen spürte. Bruno hatte dafür überhaupt kein Verständnis. Dies musste ich durchmachen Abend für Abend. Im Märchen steht doch: Dann heirateten sie und waren glücklich bis ans Lebensende???

Skischule und Ferienhaushalt

Jeden Morgen gingen wir in die Skischule. Ich lernte, wie man am Skilift hochfährt. Am vierten Skitag ging's mit der Bahn auf den Muoattas Muragl. Ein Slalom war angesagt. Leider wurde ausgerufen: «Von der ersten und zweiten Klasse will sicher niemand starten, die Piste ist vereist.»

Nur ich rief: «Natürlich will ich starten.»

Die Organisatoren wollten mir erklären, es wäre zu gefährlich und sie könnten keine Verantwortung übernehmen, doch ich war zuversichtlich und sagte: «Ach ich will es doch probieren, denn es kann ja nichts Schlimmeres passieren als ein Beinbruch».

«Aber in diesem Fall muss Ihr Mann damit einverstanden sein, und Ihnen den Stockeinsatz zeigen bevor Sie an den Start dürfen».

Natürlich war Bruno einverstanden und wir gingen miteinander den Berg hoch, damit ich diesen Stockeinsatz noch schnell lernen konnte. Schnell hatte ich es begriffen und konnte starten mit der dritten und vierten Klasse. Ohne umzufallen kam ich als Achte durchs Tor. Dafür bekam ich einen Spezialpreis.

Klar war Bruno stolz auf seine Frau und schleppte mich am folgenden Tag auf die Buckelpiste zur Lagalb hinauf. Es war viel zu anstrengend für mich und am Abend konnte ich vor Erschöpfung nichts mehr essen, aber ich musste neben Bruno am Tisch sitzen, wobei mir die Augen zufielen. Dies gefiel Bruno gar nicht. Dadurch wurde ich vor Erschöpfung krank. Zum Glück ging die Woche zu Ende, aber der Putz- und Packtag stand noch bevor. Dann ging es auf die Reise, in unser gemeinsames Heim.

Heimfahrt

Am Sonntag fuhren wir zu unserem gemeinsamen Heim ins Wallis. Auf der Durchfahrt in Winterthur, besuchten wir schnell Brunos Mutter. Er wollte seinen Schreibtisch mitnehmen und ich musste ihm dabei helfen.

Es war schon sehr spät in der Nacht, als wir in Brig ankamen. Bruno wollte unbedingt, dass ich ihm noch half, diesen enorm schweren Schreibtisch die Treppe hochzuschleppen. Aber mit meinem hohen Fieber hatte ich das Gefühl, der Schreibtisch wäre voller Steine. Bruno meinte, ich soll einfach schneller hochsteigen. Aber da krachte es in meinem Rücken und ich liess den Schreibtisch fallen. Das war so schrecklich, wie mich Bruno beschimpfte. Mit Tränen in den Augen und voller Wut, öffnete ich den Schreibtisch, und siehe da: die Schubladen waren alle gefüllt, teilweise noch mit Büchern. Entrüstet erwiderte ich ihm: «Zuerst ziehe ich jetzt alle Schubladen heraus, und dann werde ich versuchen Dir nochmals zu helfen, den geleerten Schreibtisch hinaufzutragen.»

Mein Auto

Kurz nach dem Einzug in unser gemeinsames Heim verkaufte Bruno mein Auto. Seine Begründung: «Es ist nicht nötig, dass zwei Autos vor dem Haus stehen.» Ich dachte mir nicht viel dabei, denn alleine würde ich kaum herumfahren. Doch hätte er es mir überlassen müssen, und das Geld dafür hätte ja mir gehört. Aber ich wusste sowieso nicht mehr, was ich tun sollte gegen dieses Ekel, das sich so «vornehm» benahm wie ein Zuhälter. Ich wusste nur, dass ich dem Herrgott das Ehegelübde abgelegt hatte, womit ich Bruno treu zu bleiben hatte bis zum Tod. Ich schämte mich sehr, mit so einem Mann zusammenzuleben.

Papas Abschied

Es war Sonntag, den 2. April 1967, als wir die Nachricht bekamen, dass mein Papa sich zur ewigen Ruhe gelegt habe. Um an den Bodensee zu fahren mussten wir die Alpen überqueren. Im Elternhaus angekommen begrüssten wir Mutti, die uns zuerst zu meinem Papa führte. Er war bereits aufgebahrt und lag leblos da. Ich werde dieses traurige Bild nie vergessen. Natürlich war Mutti traurig, hingegen auch beruhigt, denn Papa sollte am andern Morgen wieder ins Spital, was er definitiv abgelehnt hatte. So konnte er wenigstens zu Hause, und im Beisein von Mutti, auf seinem Sofa den letzten Atemzug tun.

Nun fühlte ich mich so traurig und ohnmächtig verlassen. Nachts endlich tröstete mich Bruno und nahm mich einmal in seine Arme. Zum ersten Mal war er wirklich zärtlich zu mir. Vielleicht, weil er sich an seinen Vater erinnerte, der gestorben war, als Bruno erst sechzehn Jahr alt war. Aus diesem Grund empfing ich in jener Nacht mein erstes Kind, was ich später feststellte.

Papa wünschte sich, mit Pferden zum Friedhof geführt zu werden. Tatsächlich kamen zwei schwarzgeschmückte Pferde mit dem Leichenwagen für sein letztes Geleit, und dies war sogar das letzte Mal, dass die Pferde den Leichenwagen zogen. Papas letzter Wunsch ging doch noch in Erfüllung.

In der Kirche las der Pfarrer, nach seiner Version, Papas Lebenslauf den Mutti aufgeschrieben hatte. Sie erwähnte dabei Papas Bruder, der vor genau drei Monaten starb und in Zürich wohnte. Hingegen wusste der Pfarrer vom anderen Bruder aus der Gegend, darum predigte er: «Sein Bruder in Rorschach starb genau vor drei Monaten.»

Aber dieser Bruder sass in der Kirche und musste so etwas anhören. Welche Blamage!

Als Herr Pfarrer uns zum Grab führte und der Sarg langsam in der Grube verschwand, glaubte ich vor Schmerzen zerspringen zu müssen. Am liebsten hätte ich ganz laut geschrien, alle Leute ringsherum fortgestossen und meinen Papa wieder herausgeholt. Glücklicherweise konnte ich mich beherrschen, aber danach wusste ich nichts mehr, ich war wie in einer Trance.

Papas Erbe

Nach der Beerdigung suchten Mutti und ich einen schönen Grabstein für Papa. Wir bestellten einen geschliffenen Gotthardgranit, welcher in allen Farben dunkel leuchtete. Zusätzlich zum Namen liessen wir einen Ährenstrauss eingravieren, was zu Papas Beruf passte.

Bald kam die Behörde für das Erbgut. Mein ganzes Erbteil überliess ich Mutti zur Nutzniessung bis an ihr Lebensende. Später hingegen beharrte Bruno auf seinem Anteil als Ehemann. Ich war so verwundert und fand es absurd. Ich glaubte nicht, dass er Anrecht hatte auf das Erbe meines Vaters. Deshalb musste ein Sachverständiger dies Bruno klar machen.

Ich erinnerte mich, dass man Bruno während seiner Studienzeit, «Bünzli» genannt hatte. Nun fand ich, dies war genau der richtige Ausdruck für ihn.

Die beiden Mütter

Bis das Nötigste für den Todesfall erledigt war, blieb ich bei Mutti. Danach holte uns Bruno, um uns beide ins Wallis mitzunehmen, bis Mutti sich etwas erholt hatte. Im Mai fuhren wir nach San Remo, um die Traurigkeit etwas zu vergessen. Auch luden wir die Schwiegermutter ein. So hatten die beiden Mütter auch eine gute gegenseitige Gesellschaft.

Das Wetter machte mit und wir konnten den Frühling in San Remo geniessen. Nur ich war enttäuscht, weil Bruno sich einfach daneben benahm und mich immer Tötschli nannte, was in Schweizerdeutsch die Verkleinerung von Tollpatsch ist. Er meinte, dies wäre doch ein Kosenamen für mich. Zum Überfluss schalt mich Mutti, ich sei nicht nett zu meinem Mann. Klar, sie hatte ja keine Ahnung, wie er mich behandelte. Aber nach all dem war ich einfach traurig und manchmal störte mich etwas, was mir vorher nichts ausgemachte. Dann war es mir auch etwas übel, was ich vorher auch nicht kannte. Dazu blieb wegen der Luftveränderung, meine Periode aus.

Nach einer Woche fuhren wir wieder zurück nach Hause und Mutti reiste an den Bodensee. Mit meiner Schwiegermutter verstand ich mich ausgezeichnet. Ja, ich empfand sogar mehr Zuneigung zu ihr, als zur meiner eigenen Mutter. Nur war ich nicht so glücklich und fühlte mich nicht so gut. Meine Schwiegermutter aber schöpfte den Verdacht, dass ich in anderen Umständen sein könnte, und sie freute sich sehr darüber. Sie war sowieso eine fröhliche und positive Frau und sie brachte mich so oft zum Lachen, was sehr heilsam war. Auch kannte sie sehr viele Lieder, die wir zusammen singen konnten. Leider verging die Zeit viel zu schnell, bis sie uns wieder verliess und nach Hause fuhr.

Hingegen gefiel es Bruno nicht, dass ich mit seiner Mutter zusammen gelacht und gesungen hatte. Ja er behauptete sogar, dass nur dumme Leute lachen. Auch wollte er auf keinen Fall, dass man singt. Für dies hatte er auch einen fatalen Wortschatz.

Nun verstand ich, weshalb er mich so schnell als möglich heiraten wollte. Liebesgefühle hatte er keine, dafür ein grosses Interesse am Vermögen meiner Eltern. Ich war für ihn nichts anderes, als sein Opfer, das er demütigen wollte. Aber ich hatte in der Kirche vor Gott mein Gelübde abgelegt, dass ich meinem Mann treu bleibe bis zum Tod. Das nahm ich sehr, sehr ernst.

Ferienreise

Im Juni fuhren wir in die Ferien, durch Frankreich nach Spanien. Wir durchfuhren das Hochtal im Herzen von Frankreich. Dort in einer kleinen Pension übernachteten wir. Das Esszimmer war so romantisch mit purpurrotem Samt ausgerüstet. Ich hatte keinen grossen Hunger und wollte nur etwas Leichtes zum Nachtessen bestellte. Auf der Menükarte stand «12 Escargots». Ich fragte Bruno: «Was heisst Escargot? Ich sollte es eigentlich wissen, aber im Moment kommt es mir nicht in den Sinn.»

Ganz kühl antwortete Bruno: «Klar, das sind Spargeln.»

«Ach ja, das ist genau was mir passt.»

Also bestellte ich dies. Dann überlegte ich, und merkte, dass Spargel Asperge heisst, und Escargots sind vermutlich Schnecken, deshalb stand die Zahl 12 dabei. Ach wie eklig, doch es war so romantisch, dass ich bereit war, um einmal Schnecken zu probieren. Leider war es zum Essen wie Kaugummi mit Sauce, was mir dann sehr schwer auf dem

Magen lag. Ich konnte die ganze Nacht nicht schlafen, und mir war grausam übel bis morgens um fünf Uhr, als ich endlich ein Gefühl zum Hergeben bekam. Aber es quälte mich schrecklich. Ich kniete längere Zeit neben der Toilettenschüssel, und probierte meinen Magen nach oben zu husten. Mit grosser Mühe konnte ich mich endlich von dieser Last befreien. Nun wusste ich, dass Schnecken schwer verdaulich sind.

Meistens war es mir ständig übel wegen meiner Schwangerschaft. Dazu rauchte Bruno unaufhörlich im Auto, ohne Rücksicht zu nehmen auf mein Flehen, sein Rauchen zu unterlassen, weil ich in meinem Zustand den Rauch nicht ertragen konnte. Daraufhin meinte Bruno: «Du musst dich einfach zusammenreissen, dann macht dir das Rauchen nichts mehr aus.»

Daraufhin rauchte er erst recht noch mehr.

Inmitten dieser Hochebene von Frankreich begegneten wir einem Zigeunerwagen. Es sah genau so aus wie in den alten Filmen. Ich fühlte mich wie in einem Märchen. Nachdem wir überholt hatten hielten wir an und fragten zuerst, ob wir filmen dürfen. Als Dank gab Bruno den Leuten ein Zigarettenpäckchen, wofür sie sich bedankten, als wäre es Gold gewesen. Das war Spitze! Eine dicke Zigeunerin kroch nun aus dem Wagen und auf der Strasse fing sie zu tanzen an. Hinter ihr her kam noch die ganze Familie. Danach holten sie noch Instrumente hervor und machten mitten auf der Strasse eine Spezialvorstellung für uns beide. Es war wirklich zauberhaft, wie im Märchen.

Wir reisten weiter nach San Sebastian, Bilbao und in Altamira schauten wir uns die prähistorischen Höhlen an. Weiter ging es mitten durch Spanien, in Richtung Madrid. Gerne wäre ich ins Museum Prado gegangen, doch es war so schwül und dicke Luft, dass wir uns ausserhalb von Madrid eine Unterkunft suchten. Viele Kilometer mussten wir noch fahren, bis endlich ein Parador zum Übernachten auftauchte. Leider war dieser Parador so weit weg, dass wir nicht mehr zurückfahren wollten, und den Prado bewahrten wir für eine andere Reise auf.

Immer suchten wir die Paradores auf, denn diese waren damals staatliche Hotels in ganz Spanien und wirklich erstklassig geführt. Meistens waren es ehemalige Schlösser, die restauriert und ausgebaut wurden. Ich fühlte mich um ein paar hundert Jahre zurückversetzt und dies genoss ich in allen Zügen.

Leider konnte sich Bruno in diesem Niveau nicht kultiviert verhalten, sondern er marschierte in den Ess-Saal mit hervorgestrecktem Bauch und setzte sich an einen Tisch, genauso wie ein Proletarier, der einmal etwas Geld hat. Ich genierte mich so, und wenn ich mich setzte, schimpfte er sogar noch: «Kannst du dich nicht schneller bewegen, brauchst du noch eine extra Einladung?»

Wenn ich dann probierte ihm zu erklären, dass in einem noblen Hotel, der Herr die Dame vorausgehen lässt und ihr den Stuhl anbieten sollte, dann rastete er aus und wusste es viel besser wie ein «richtiger Mann» sich benimmt. Ach, was hatte ich mir da eingefangen! Ich glaubte, wenn jemand studierte, sei es selbstverständlich, dass dieser auch wüsste, wie man sich benimmt. Es gehört doch zur Allgemeinbildung.

Eheleben

Wieder daheim, gab ich mir alle Mühe, um eine gute und liebenswürdige Hausfrau zu sein. Am Morgen weckte ich Bruno, stand auf, um meinem Mann die Kleider zu richten und das Frühstück zu servieren. Ich leistete ihm Gesellschaft, bis er zur Arbeit ging. Vom Balkon aus winkte ich ihm zu, bis er verschwand.

Jeden Montag, wenn ich für Bruno die Kleider aufs Bett legte, schaute ich, dass Hemd, Krawatte, Socken und Schuhe in Harmonie zur Kleidung waren. Ein paar Mal, schmiss er einfach die Sachen zu Boden. Dann riss er andere Sachen aus dem Schrank, wie z. B. blaues Hemd, grüne Hose, hellbraune Socken und andersfarbiges Jackett und Krawatte. Einfach unmöglich! Es ging ja nur darum, um mich zu ärgern. Sagte ich ihm: «Das sieht ja unmöglich aus, so kannst du doch nicht herumlaufen», dann war er sogar glücklich und grinste mich nur so an. So etwas konnte ich nicht begreifen, es stimmte mich nur sehr traurig. Noch zwei Mal versuchte ich, ihn zur Vernunft zu bringen, dann hatte ich genug. Nun überliess ich es Bruno, seine Kleider zusammenzustellen.

Kam er nach Hause, liess er die Kleider einfach fallen, zündete überall das Licht an und liess alle Türen offen. Nach Brunos Ansicht war es meine Pflicht, hinterherzulaufen und alles für ihn aufzuheben und in Ordnung zu bringen. Unter solchen Umständen, war es doch logisch, dass ich mich wehrte und ihm beibringen wollte, dass ich nicht seine Bedienstete oder gar Sklavin sei, sondern seine Frau.

Seine Begründungen waren Folgende: «Ich bin nach meinem Studium nach Mosambik verreist. In Afrika hatte ich fünf Schwarze für meine Bedienung, einen Koch, einen Gärtner, einer der die Hausarbeiten verrichtete und einen Nachtwächter, dazu noch ein junges Mädchen fürs Bett, welches mir ihr Vater persönlich vorbeibrachte. Ich bin mich eben so gewöhnt.»

Das war seine Entschuldigung. – Nun fand er es ganz normal, dass ich für alle fünf hinhalten sollte.

Waren wir in Gesellschaft, so erzählte Bruno immer: «Meine Frau liegt den ganzen Morgen im Bett.»

Jedes Mal war ich entsetzt, und wehrte mich, weil ich diejenige war die schaute, dass Bruno sich nicht verschlief und er noch sein Frühstück essen konnte, damit er rechtzeitig ins Geschäft kam. Dreimal warnte ich ihn vor allen Leuten, er solle doch keine Lügen verbreiten. Schliesslich erwiderte ich, auch vor allen Leuten: «Wenn du meinst, du könntest solche

Lügen über mich aussagen, werde ich von nun an wirklich im Bett bleiben bis du die Wohnung verlassen hast.»

Dies machte ich tatsächlich auch, und mit allen Folgen hielt ich es durch.

Jede Nacht war für mich ein Schrecken. Schon wenn Bruno sich näherte, stiess mich der unangenehme Geruch ab. Als ich ihn bat, nicht mehr zu mir zu kommen, ohne sich vorher zu waschen, aber auch unten, da wurde er furchtbar wütend und sagte: «Ich bin ja kein Sauhund, ich bade ja jede Woche.»

Einmal erzählte mir Bruno von seinem Vater. Leider war sein Vater meistens betrunken und die Eltern stritten sich öfters. Dann hätte der Vater die Mutter in die Stube gezogen, wo er sie auf das Sofa drückte und sich befriedigte. Danach wäre wieder Friede im Haus eingekehrt. Nun fragte ich Bruno: «Wie kannst du so etwas wissen?»

«Mein kleiner Bruder und ich, wir beide konnten alles durchs Schlüsselloch verfolgen.»

Aha, so war es! Nun konnte ich mir vorstellen, was für ein unmögliches Verhältnis bei Müllers herrschte.

Alles zu viel

Eigentlich hätte ich Bruno zuerst richtig kennenlernen sollen, bevor ich für eine Eheschliessung einwilligte. Ich hätte einfach nur einmal ein Wochenende mit ihm in einem Hotel verbringen müssen, dann wäre ich auf die Welt gekommen.

Aber nun war ich bereits verheiratet und schaute, dass niemand mein Fiasko bemerken sollte. Am liebsten hätte ich mich scheiden lassen. Ich schämte mich so, dermassen hereingefallen zu sein. Aber was Gott zusammengefügt hat, darf der Mensch nicht trennen, hatte ich gelernt. Leider musste ich feststellen, dass dieser Mann mir bis zur Hochzeit etwas Falsches vortäuschte. Ich glaubte, er sei aus lauter Anstand nie zärtlich gewesen. Er hatte im Technikum studiert und anschliessen war er in Afrika, von wo er gewisse Erfahrung mitbrachte, aber welche, wusste ich ja nicht. Er machte mir Eindruck mit allem was er erzählte. Ich glaubte ihm alles und war einverstanden, ein moderneres Leben zu führen. Doch wie es funktionieren sollte, hatte er mir nicht erklärt. Somit war es für ihn einfach, den Vornehmen zu spielen und eine keusche und unerfahrene Frau, mit gutsituierten Eltern zu heiraten. Er hatte es also nur aufs Geld meiner Eltern abgesehen und mir gegenüber benahm er sich genau so wie ein Zuhälter, der sich nicht einmal wäscht, um mit mir ins Bett zu steigen. Er kam aus einer einfacheren Familie, was mich persönlich überhaupt nicht störte. Die Hauptsache war für mich, dass die Leute seriös und ehrlich sind.

Oft hörte ich sagen: eine Vernunftehe ist besser als eine Liebesehe. Heute bin ich aber anderer Meinung. Klar verblasst die Liebe, wenn man immer zusammen ist. Man kann ja auch nicht immer Dessert essen. Bruno weiss alles ganz genau, wie alles gemacht werden soll. Aber Punkt ist, all dies gilt nur für die anderen!

Meine Eltern hatten nie Streit, oder wenn Mutti etwas laut wurde, sagte Papa: «Ja, ja, dann mache doch wie du willst.»

Und er verliess das Zimmer. Papa war ein nobler Herr, den man nie fluchen hörte, oder vulgäre Wörter in den Mund nehmen. (Im Gegensatz zu Bruno.) Papa verwendete lieber lustige Kraftwörter und so auch meine Mutti. Den Wortschatz unserer Angestellten durfte ich nie verwenden, sonst wurde ich bestraft. Nur als mich Mutti einmal auf dem Pausenplatz aufsuchte, hörte sie mich fluchen wie ein Stallknecht. Ich selber weiss zwar nur davon, weil Mutti mir es später erzählt hatte.

Der Chef von Bruno

Bruno und ich wurden von seinem Chef zum Essen eingeladen. Sein Chef fragte mich, ob ich Maschinenschreiben könne. Er offerierte mir, wenn ich Lust hätte, stundenweise ins Büro zu kommen oder Bruno könnte auch die Arbeit nach Hause bringen und ich könnte einfach Heimarbeit machen. Oh, da freute ich mich, für ein paar Stunden ins Büro von Bruno zu gehen zum Maschinenschreiben.

Als wir nach Hause kamen, schimpfte Bruno, weil ich seinem Chef gesagt hatte, dass ich gerne stundenweise im Büro arbeiten würde. Er erzählte mir alle Schande, als wäre es ein Weltuntergang. Ja er wollte mich sogar deswegen schlagen, weil ich ihn um eine vernünftige Erklärung bat, doch er antwortete: «Schluss damit, das kommt gar nicht in Frage, basta!»

Dabei wäre es so gut für meinen Umstand gewesen, als alleine zuhause zu sitzen. Zu allem Übel besprühte Bruno am Morgen, bevor er zur Arbeit ging, mit einem giftigen Mückenspray die ganze Wohnung, sodass ich kaum atmen konnte und es mir sehr übel wurde davon. Ich bat Bruno, dies zu unterlassen und besonders, weil ich ein Kind erwartete. Doch das störte ihn überhaupt nicht, sondern es freute ihn sogar, noch mehr zu sprühen. Ich musste lüften und die Wohnung verlassen. Dann versteckte ich die Sprühdose.

Am nächsten Tag war er wütend und schimpfte, weil er den Mückenspray nicht fand. Er bedrängte mich, ihm zu sagen, wo ich diesen versteckt hätte. Also wollte ich mich versichern und sagte: «Nur wenn du mir versprichst, dass du ganz sicher nicht mehr sprühen wirst, dann sage ich es dir.»

«Ich schwöre es dir.»

Also erklärte ich das Versteck, und schon holte Bruno mit grösster Freude die Sprühdose. Damit fing er wie ein Verrückter an zu sprühen.

Am folgenden Tag wiederholte sich dieselbe Szene. Ich antwortete ihm: «Heute werde ich dir das Versteck nicht mehr sagen.»

Darauf hin schlug er wie verrückt auf mich ein. Bruno war so kräftig, darum hielt ich ihm die andere Seite hin und schrie: «Schämst du dich nicht!»

Nun hielt ich es nicht mehr aus. Ich verliess das Haus, stieg den Berg hinauf und irrte bis am Abend herum, um nachzudenken was ich machen könnte. Am liebsten wollte ich mich scheiden lassen, aber ich hatte vor dem Herrgott mein Gelübde abgelegt, welches ich nicht brechen konnte. Mein Papa war tot. Bei meiner Mutter wusste ich, dass wenn ich bei ihr auftauche, nach fünf bis sechs Stunden Reise, würde sie mich gleich wieder zurückschicken. Wie ich Mutti kannte, wäre es ihr sogar egal, ob ich nachts noch einen Zug bekäme oder nicht, und irgendwo die Nacht verbringen müsste. Ich hörte bereits ihre Worte: «So, nun bist du verheiratet, und nun musst du endlich einmal deinem Mann gehorchen.»

Ich hatte niemanden dem ich mich anvertrauen konnte. Keine Geschwister, und zu meinen Freundinnen hatte ich den engeren Kontakt verloren, dazu hatten sie nun auch ihre eigene Familie und eigene Probleme. Also blieb mir nur die Ohnmacht, bei diesem Scheusal auszuharren.

Schwiegermutter stirbt

Im Oktober kam ein Anruf, Brunos Mutter sei im Spital am Sterben. Es war am Abend und Bruno wollte sofort nach Winterthur fahren, aber mich zuhause lassen. Ich versuchte ihn zu überzeugen, dass es besser wäre, wenn ich gleich mitfahre. Endlich willigte er ein.

Es war mitten in der Nacht als wir im Spital ankamen, trotzdem durften wir noch die Mutter besuchen. Sie hatte solche Freude und fragte, ob sich schon etwas bei mir bewege. Welch ein Zufall, in diesem Moment spürte ich das erste Lebenszeichen vom Baby. Mama konnte die Hand auf meinen Bauch legen und das Baby spüren. Sie war überglücklich, dass sie dies noch erleben durfte.

Am anderen Morgen war es bereits soweit, sie hatte den letzten Atemzug gemacht. Es war sehr tragisch, da ich meine Schwiegermutter so sehr schätzte. Nun setzten wir uns mit Brunos Bruder und Schwägerin zusammen.

Schon fragte mich meine Schwägerin, ob sie die Nähmaschine haben könnte. Ich war ganz verwundert, wie kann man in so einem Moment bereits ausklügeln, was man beim Verstorbenen an sich reissen könnte. Ich musste ihr antworten und sagte: «Ich bin im Wallis und werde öfters umziehen, da brauche ich nichts. Nimm, was dir gefällt und dann schauen wir, was wir wegwerfen wollen.»

Am Abend schimpfte Bruno mit mir. «Es ist allerhand, dass du, bevor meine Mutter im Grab ist, schon bestimmst, wer was bekommen soll.»

Ich war entsetzt und probierte ihm zu erklären, dass mir überhaupt nichts daran liege, sondern die Schwägerin es bereits wissen wollte. Was immer ich sagte, es nützte gar nichts. Ich musste einfach die Unverfrorene sein.

Warten aufs Baby

Eine Woche vor Weihnachten kam Brunos Freund mit Frau auf Besuch. Plötzlich bekam ich starke Schmerzen im Bauch. Wir dachten jetzt geht's los, und deshalb reiste unser Besuch ab. Dann vergingen die Schmerzen wieder. Zum Glück kam Mutti zu Weihnachten, weil sie ohne Papa alleine zuhause wäre und für mich war ihr Besuch eine Beruhigung, es ging ja der Geburt unseres Baby entgegen. Für Bruno war jemand da, der den Haushalt machte während meines Spitalaufenthalts.

Immer wieder kamen so komische Wehen für längere Zeit. Also ging ich zum Arzt, um mich zu erkundigen, was dies bedeuten könnte, den ich erwartete das Baby auf den 2. Januar.

Es war schon eine Woche nach Neujahr, als mich Bruno zum Gynäkologen führte. Der Arzt erklärte mir, dass dies vermutlich eine Sturzgeburt werden würde und fragte: «Haben Sie jemanden zu Hause der helfen kann? Und stellen Sie viele Tücher bereit und dazu braucht es genügend heisses Wasser.»

Dies machte mir richtig Angst, aber auch Bruno war erstaunt. Er telefonierte sofort ins Spital und fragte, ob ich unter solchen Umständen bereits ins Spital kommen könnte. Auch erwähnte er, dass es manchmal heftig schneie und der Weg ins Spital könnte zum Problem werden. Also packte ich mein Köfferchen und Bruno führte mich nach Visp hinunter ins Spital.

Im Spital in Visp

Im Spitalzimmer war ich zusammen mit einer Frau. Bald danach wurde das Nachtessen serviert. Ich hatte grossen Appetit, aber leider bekam ich Rösti. Genau das, was ich schon als Baby nicht hinunterbrachte. Am anderen Morgen hatte ich dementsprechend Hunger. Nun kam die Schwester mit dem Tablett, aber mein Frühstück bestand nur aus einem Schälchen mit Tabletten für die Geburtseinleitung. «Essen gibt es nicht mehr vor der Geburt», sagte die Schwester ganz kühl. Ja nu, wenn bald das Baby kommen wird, kann ich froh sein. Hingegen, statt der Geburtswehen, wurde es mir von Stunde zu Stunde besser und ich fühlte mich wohler, als während der ganzen Schwangerschaft. Nun bekam ich grosse Lust, an die frische

Luft zu gehen und Schnee zu stampfen. Jedoch die Schwester war entsetzt: «So eine verrückte Idee, bei einer Einleitung, da muss man schön ruhig im Bett bleiben.»

Meine Bettnachbarin bekam das Mittagessen und ich durfte wieder zusehen mit meinem Hunger. Um vier Uhr gab es Kaffee und Brötchen und dann kam noch das Nachtessen. Mein Magen knurrte fürchterlich beim Zusehen und ich bekam gar nichts zwischen die Zähne. Die Schwester vermutete, es könnte in der Nacht losgehen, und deshalb müsse ich nüchtern bleiben. Ach, welche Qual!

Es wurde Morgen und mir war es vögeliwohl, nur der riesengrosse Hunger quälte mich. Nun freute ich mich umso mehr auf mein kommendes Frühstück. Aber oh je, ich musste immer noch warten, obwohl nichts passierte. Ja, auch noch kein Mittagessen, hingegen falls noch nichts passieren werde bis am Nachmittag, würde ich etwas zum Essen bekommen. Voller Freude sagte ich zu meiner Bettnachbarin: «Hoffentlich gibt es ein Steak, oder besser zwei, ich habe solche Lust nach Fleisch.» Wir lachten und machten Witze, bis sie zur Operation abgeholt wurde.

Als sie nach der Operation zurück ins Zimmer gebracht wurde, begrüsste sie mich und sagte: «Frau Müller, ich wusste es ja, dass Sie Zwillinge bekommen.»

Sie war überzeugt, dass ich die Geburt hinter mir hatte. Sie konnte es nicht glauben, dies im Operationssaal geträumt zu haben. Daraufhin machte es mir etwas Angst, gleich zur Erstgeburt Zwillinge zu bekommen.

Endlich kam das Nachtessen. Aber oha, das war nur ein Schälchen Pudding, um meinen Hunger zu kitzeln. Dann kam die Hebamme und sie meinte: «Frau Müller, sicher haben Sie sich um einen Monat verrechnet, deshalb müssen Sie noch bis nächsten Monat warten. Aber es könnte sein, dass das Baby am Sonntag bei Vollmond kommt.»

Ich lachte sie aus und sagte: «Ich komme von der Stadt, wo wir nicht so abergläubisch sind. Dazu bin ich mir auf den Tag genau sicher, wann ich das Baby empfing.»

Die Hebamme hingegen meinte es besser zu wissen. Aber schliesslich erlaubte sie mir, wenn mein Mann dafür sorgen werde, den Weg vom Haus zur Strasse zu pfaden, damit ich jeder Zeit ins Spital fahren könnte, dann dürfte ich morgen nach Hause. Klar sorgte Bruno dafür.

Das Baby kommt!

Wieder zu Hause, konnte ich zum Einkaufen gehen. Im Spezereiladen sagte die Inhaberin: «Ach Frau Müller, wenn das Baby noch nicht gekommen ist, kommt es bei Vollmond.»

Es war so lächerlich, dass diese Talbewohner so etwas glaubten.

Am Sonntag schneite es zünftig. Alle vier Männer vom Haus waren den ganzen Tag am Schneeschaufeln. Es war 18:30, als ich einen Stoss bekam und wusste, dass es langsam losgeht. Aber schon hatte ich bereits nach fünf Minuten eine zweite Wehe. Die Hebamme hatte mir gesagt: «Erst wenn die Wehen mit sieben Minuten Abstand kommen, können Sie mich anrufen.»

Es war dunkel und die Männer hatten ihre Arbeit aufgegeben, aber wir wussten nicht, wo sie nun waren. Mutti ging auf die Suche und rief so laut sie konnte nach ihnen. Endlich fand sie alle zusammen bei einem Drink in der obersten Wohnung.

Bruno telefonierte der Hebamme. Leider war sie überzeugt, dass es beim ersten Kind noch lange dauern werde und vor vier Uhr morgens passiere gar nichts. Hingegen erklärte ihr Bruno: «Bei diesem Schneefall, früh morgens um vier Uhr 15 km zu fahren ist unmöglich, so ein grosses Risiko werde ich nicht eingehen. Ich bringe meine Frau jetzt ins Spital, weil der Weg jetzt fei ist.»

Der Hebamme blieb nicht anderes übrig, als einzuwilligen. Sie offerierte sogar, die Nachtwache zu machen, damit Bruno ausgeschlafen zur Geburt kommen könne. Mir erklärte Bruno: «Du kannst sicher sein, dass ich das Baby sicher nie berühre werde. Mit so etwas Kleinem verstehe ich nicht umzugehen.»

Geburt in Visp

Also fuhren wir sofort nach Visp und waren bereits um 19:30 im Spital. Die eingekleideten Schwestern kamen zum Auto und fragten, ob ich Treppen hinauf gehen könnte. «Ja klar, sagte ich. Nur einen Moment, ich habe schon wieder eine Wehe.»

Als sie sahen wie stark die Wehe war, holten sie schnell einen fahrbaren Schragen, legten mich darauf mitsamt Pelzmantel und Stiefeln. Dann sausten sie mit mir in den Gebärsaal. Bei jeder sehr heftigen Wehe, schüttelte es mich mitsamt dem Schragen herum, sodass ich Angst bekam hinunter zu fallen. Denn dieser Schragen hatte vier dünne Beine, an denen je ein kleines Rädchen angebracht war, und das ganze Gefährt wackelte stark herum. Die Schwestern standen mit offenem Mund entsetzt rings um mich herum. Eine fragte mich: «Haben Sie Presswehen?»

«Was ist das?»

Ich hatte keine Ahnung, denn in so einem entfernten Tal kennen die Bauern keine solchen Vorbereitungen.

Dann erklärte mir eine Schwester: «Das ist so ähnlich wie Stuhldrang.»

«Ach, das habe ich schon lange.»

«Sie müssen es zurückhalten.»

Aber wie kann man Krämpfe zurückhalten? Nun bekam ich wirklich grosse Angst.

Bruno schaute schnell herein und fragte: «Ist die Hebamme endlich gekommen? Ich ging ihr entgegen, aber von ihr habe ich keine Spur gefunden.»

Dann ging er gleich wieder auf die Suche bei diesem Schneefall. Es ging schon gegen 21 Uhr, da endlich öffnete sich die Türe und die Hebamme kam herein, warf ihren Mantel hin und schrie: «Habt Ihr diese Frau nicht ausgezogen? Schnell, helft mir in den weissen Mantel und ruft den Arzt, er soll ganz schnell kommen.»

Dann rasierte sie mich mit einer Hand und mit der anderen schlüpfte sie in den zweiten Ärmel des weissen Mantels. Der Arzt war schnell zur Stelle und schnitt mit der Schere irgendwie hinein und schon schrie Marco. Es war 21:10, ein Sonntag im Januar 1968, und tatsächlich Vollmond. Der Arzt hob Marco an beiden Händen hoch und sagte: «Schaut einmal diesen starken Thorax an.»

Die Hebamme wickelte eine Decke ums Baby herum und legte es mir in die Arme. Aber schon ging es weiter und die Hebamme befahl Bruno, das Baby zu halten. Es blieb ihm gar nichts anderes übrig und er war selber überrascht, dass er fähig war, seinen eigenen Sohn in seinen Armen zu halten.

Aber nun musste man mich wieder zusammenflicken. Der Arzt hatte mich bis und mit After zerschnitten und die Hebamme zerriss mich nach vorne. Ich hatte fürchterliche Schmerzen und das Zusammenflicken dauerte volle drei Stunden. Der Arzt versicherte mir: «Frau Müller, es tut mir leid Ihnen nicht genügend Morphium zu geben, wir haben Ihnen bereits das Maximum gespritzt. Nun müssen Sie einfach auf die Zähne beissen.»

Ich hatte das Gefühl, als würde man mir die Beine abschneiden. Beim Nähen hatte ich solche Schmerzen, als müsste ich bei jedem Stich zur Decke hinauf springen. Immer wieder redeten sie mir zu: «Es geht nicht mehr lange und bald bekomme Sie einen Kaffee.»

«Ich hätte jedoch lieber einen Tee.» Worauf alle lachten, und als ich fragte, weshalb sie lachen, sagten sie: «Um den Frauen

Mut zu machen, sagen wir es gäbe Kaffee, aber nach der Geburt gibt es leider nur Tee.»

Weiter fragten sie mich: «Frau Müller, sicher wollen Sie nun kein Kind mehr.»

«Doch, ich möchte gerne noch ein Mädchen und schlimmer als diese Geburt kann es ja nicht sein.»

Alle staunten über meine Antwort.

Als ich in meinem Zimmer lag und das Baby sehen durfte, überkam mich ein unsagbares Glücksgefühl: Mein Marco! Endlich durfte ich meinen Marco, auf den ich so lange warten musste, in meinen Armen halten. Dank sei Gott!

Der Herr Spitalpfarrer

Ausser meinem Mann besuchte mich nur der Spitalpfarrer. Endlich konnte ich mit jemandem vernünftig diskutieren. Nun stellte ich ihm meine allergrösste Frage: «Herr Pfarrer, als ich meine erste Periode bekam, bestellten meine Eltern eine eingekleidete Schwester, um mich aufzuklären. Sie erklärte: ‚Heute gibt so viele Scheidungen, weil die Leute den Herrgott nicht mehr respektieren und sie vor der Heirat, eheliche Beziehungen pflegen. Nur wer keusch die Ehe eingeht, dem wird vom Herrgott seine Ehe gesegnet. Dann bekommen sie Kinder und ein glückliches, langes Eheleben.' Ich nahm mir dies sehr zu Herzen und ging keusch ins Eheleben. Aber dann fiel ich zum Dank in die Hölle. Was sagen Sie dazu Herr Pfarrer?»

«Ach liebe Frau, für das ist doch die Verlobung da.»

«Ja, und wie stellen Sie sich das vor, wenn man keusch in die Ehe gehen soll?»

«Ja das ist eben nicht ganz so.»

«Herr Pfarrer, es gibt einen guten Witz: Zwei wollten heiraten, da wurden sie vom Pfarrer gefragt: Sind Sie noch keusch, damit wir mit der grossen Glocke läuten können, oder müssen wir nur mit der kleinen läuten? Die Antwort war selbstverständlich, ja, ja klar, mit der grossen Glocke. Mit der kleinen können Sie ja dann noch dazwischen bimmeln.»

Mein Baby Marco

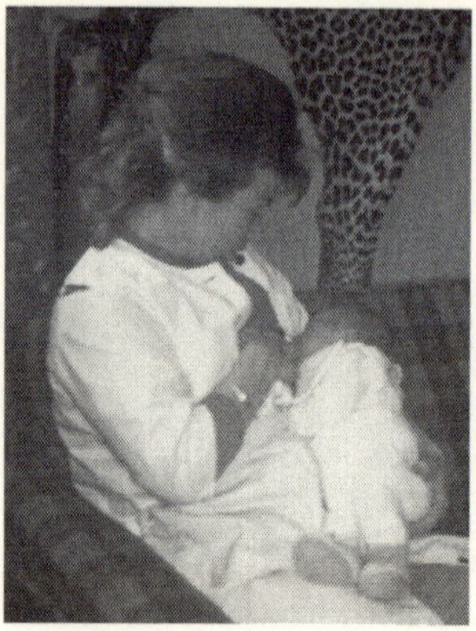

Ich war sehr wund und hatte ein Hämatom, so gross wie ein Ei. Auch musste ich feststellen, dass mein rechtes Bein lahm war. Zum Gehen musste ich das Bein von der Hüfte her nach vorne schwingen und dann konnte ich drauf stehen. Soviel Kraft war noch im Bein.

Marco war ein tüchtiges Baby und trank wie wild. Aber eines Tages kam die Schwester und riss mir das Kind einfach weg, sodass die Brust wund wurde und ich das Baby nicht mehr stillen durfte, sondern ich musste die Milch abpumpen. Leider waren diese Walliserbauern nicht so hygienisch und deswegen bekam ich eine Mastitis.

Wieder einmal nahm man mich gar nicht ernst und erklärte mir: «Das ist nur etwas verstopfte Milch, das ist nicht schlimm.»

Ich musste zur Hebamme nach Visp fahren, um die Milch abzupumpen. Dazu bekam ich sehr hohes Fieber. Auf dem Heimweg sah ich die Strasse nicht mehr. Kam mir etwas Dunkles im Schnee entgegen, probierte ich möglichst nach rechts zu fahren und hielt an, bis es vorüber fuhr und dann getraute ich mich weiter zu fahren.

Bruno reklamierte bei der Hebamme, dass ich unter solchen Umständen nicht mehr nach Visp fahren könne. Sie schickte nun eine Krankenschwester vorbei, die für das Abpumpen verantwortlich war. Aber es kam keine Milch mehr heraus, nur zog es meine Brustwarze in das Röhrchen. Dies war so schmerzhaft, dass ich kein Wort herausbrachte, sondern zusammenklappte.

Aber nun setzte sich Bruno einmal für mich ein und schalt die Schwester: «Können Sie nicht besser aufpassen. Schauen Sie welchen Blödsinn Sie angestellt haben und meiner Frau solche Schmerzen verursachten. Jetzt habe ich aber genug. Ich bringe meine Frau ins Spital.»

Im Spital konnte ich sofort in ein Zimmer, um mich für den Untersuch bereitzumachen. Der Arzt ging schnell vorbei und als er mich sah, fragte er: «Frieren Sie? Sie schlottern ja im geheizten Zimmer. Sie haben Fieber.»

Er befahl Bruno: «Holen Sie für Ihre Frau, Nachthemd und Zahnbürste. Sie muss sofort operiert werden.»

Ich war schon halb im Delirium, als ich zur Operation vorbereitet wurde. Später merkte ich, wie ich in einem Bett, durch den Gang gefahren wurde, aber ich konnte die Augen nicht öffnen. Jemand klopfte mir auf die Wange und eine Männerstimme rief: «Frau Müller, Frau Müller, wie geht es Ihnen?»

Ich dachte nach und sagte: «Ach, ich fühle mich sehr erleichtert.»

Und der Arzt antwortete: «Ja Frau Müller, ich auch. Sie wären beinahe gestorben. Sie hatten eineinhalb Liter Eiter in der Brust.

Bruno konnte Marco ins Spital bringen, aber leider durfte ich ihn nur von weitem sehen, über die Treppe hinauf, im oberen Stock. Da, im unteren Stock, musste ich verweilen, wegen der Ansteckungsgefahr.

Als ich wieder nach Hause durfte mit meinem Baby, glaubte ich ein anderes Kind im Arm zu haben. Marco war dick und träge geworden. Sie hatten ihn einfach gefüttert, damit er nicht schrie. Aber vermutlich schrie er, weil er einen fast offenen Po bekommen hatte.

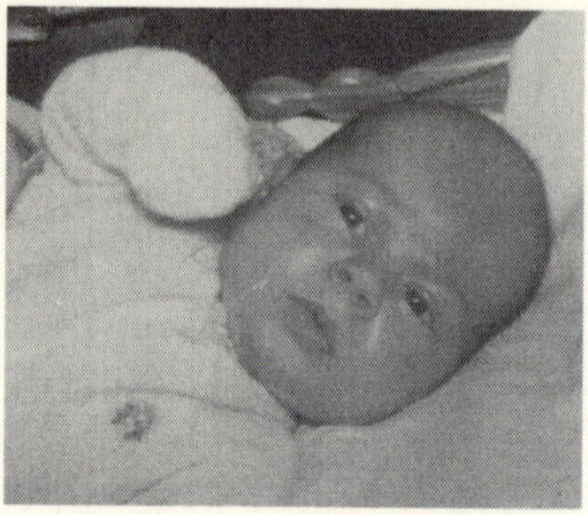

Nun wusch ich ihn jedes Mal beim Wickeln und schmierte ihn dick mit Eutra ein. Bereits nach drei Tagen hatte die Haut sich wieder erholt.

Mit der Nahrung schaute ich immer sehr darauf, wie viel ich ihm verabreichte und die Zeiten hielt ich auch immer genau ein. Danach spielte ich einige Zeit mit ihm und legte ihn mit frisch gewechselten Windeln wieder in sein Bettchen. Oft plagten ihn Blähungen, dann gab ich ihm nochmals Tee und wartete die Görpserei nochmals ab. Danach liess ich das Kind alleine. Am Nachmittag weinte Marco immer noch nach all meinen Anstrengungen. Am Anfang weinte ich auch, draussen vor dem Zimmer, bis einige Minuten vor fünf Uhr, weil ich es nicht mehr aushielt, um den kleinen Marco in meine Arme zu nehmen. Bald stellte ich fest, dass diese Zeit, Marcos Schreistunde war, und er seine Muskeln trainieren musste.

Schwiegermutters Wohnung

Brunos Bruder war viel netter und angenehmer. Weil er unter seinem Bruder gelitten hatte, heiratete er sehr früh. Seine Frau Edda war eine richtige Norddeutsche und tüchtige Frau. Aber sie hatte an allem etwas auszusetzen und sie war auch sehr egoistisch und habgierig.

Als meine Schwiegermutter starb, überliessen wir meinem Schwager und seiner Frau alle Gegenstände von der Wohnung. Edda holte was sie brauchen konnte, alles andere schmiss sie einfach als Gerümpel in den Garten. Dann benachrichtigte sie uns, dass nun das Brockenhaus den Rest abholen werde. Bruno war aber nicht einverstanden damit. Zuerst wollte er nachsehen, was wir brauchen könnten, speziell, weil wir immer herumziehen mussten, kam es uns gelegen. Er fuhr am Wochenende nach Winterthur, um sich diesen Gerümpel anzusehen.

Da Brunos Arbeit sowieso im Frühjahr zu Ende ging, entschied er sich in die Wohnung seiner Mutter zuziehen. Also sollte alles so bleiben und den Rest schauen wir im Frühjahr noch an.

Wir waren froh, zwei Haushalte zu haben, weil meistens ein Haushalt auf Reise sein wird.

Im April war Brunos Arbeit im Wallis fertig. Nun musste ich für den Umzug packen. Ich war noch so schwach und konnte das Baby kaum tragen, erstens wegen den Geburtsbeschwerden und wegen meinem lahmen Bein. Mein Baby war viel zu schwer für mich. Zweitens wegen der nachfolgenden Operation. Dazu die Nacht mit Bruno zu verbringen. Nun schwächte mich noch zusätzlich die Packerei. Alles zusammen war viel zu viel für mich.

Mein zweiter Umzug

Wir zogen nach Winterthur, in die Wohnung von meiner Schwiegermutter. Da durfte ich den Rest räumen, alles was meine Schwägerin und Brunos Bruder nicht brauchen konnten. Das war nochmals sehr viel Arbeit, bis ich die ganze Wohnung geputzt und in Ordnung gebracht hatte. Alles in der Wohnung musste ich zuerst gründlich reinigen, weil die Schwiegermutter Krebs hatte, und zum Putzen zu geschwächt war. Unsere eigenen Vorhänge änderte ich, um sie auszuwechseln. Auch mussten unsere Teppiche anders zugeschnitten werden, wobei mir Bruno zum Glück half.

Bruno arbeitete in Zürich. Aber nur vorübergehend, weil er mit uns nach Durban ziehen wollte, um dort beim Bau einer Aluminiumfabrik die Führung zu übernehmen. In Müllers Wohnung konnten wir in Winterthur warten, bis die Bewilligung kam, welche von der afrikanischen Behörde, freigegeben werden sollte. Dort würden wir zirka zwei Jahre bis zur Übernahme bleiben. Während der Wartezeit bis zur Abreise, musste Bruno eine Arbeit in Holland tätigen. Aber das dauerte nur drei Wochen. Danach wurde er nach Deutschland geschickt. Seine Arbeit befand sich gleich an der Grenze, und somit konnte Bruno jeweils am Wochenende nach Hause kommen.

Für Bruno war es auch schön in Winterthur zu leben, wo er im Frühjahr wieder mit seinen Segelflugfreunden zusammenkam. An einem Sonntagnachmittag wollte Bruno unser Baby und mich seinen Kameraden vorstellen. Plötzlich wollte Bruno mir zeigen, was er konnte und nahm mich mit für einen Flug. Damit ich keine Panik bekommen werde, sagte er: «Beim Aufsteigen wird es etwas holperig sein. Das ist normal, da brauchst du keine Bedenken zu haben.»

Dann ging es los und wir bammelten hinterm Zugflugzeug gegen den Himmel hinauf und hinunter. Da dies normal ist, hatte ich so richtig Spass.

Nachdem wir gelandet waren, kamen viele Segelflugfreunde hergerannt. Alle waren sehr besorgt um mich und fragten: «Lea wie geht es dir? Du musst ja wahnsinnig geworden sein vor Angst. Das war ja ganz schlimm.»

«Nein ich fand es super da oben, mir hat dieser Flug so richtig Spass gemacht.»

«Was, du hattest keine Angst, als es euch so herumgewirbelt hatte? Uns blieb beinahe das Herz stehen.»

Ich konnte nicht begreifen, was die alle hatten. Es war doch richtig amüsant da oben. Erst als ich Bruno sagen hörte: «Ja diesmal hatte ich wirklich grosse Angst, denn von diesen Sturmböen, hätten wir beinahe einen Looping am Schleppseil gemacht.»

Da merkte ich, dass dies nicht normal war, sondern wirklich gefährlich gewesen sein musste. Ich hatte zum Glück keine

Ahnung und habe diesen aussergewöhnlichen Flug sehr genossen.

Der erste Besuch

Nachdem ich alles gereinigt hatte und die Wohnung etwas wohnlicher war, kam Brunos Bruder mit Familie auf Besuch. Edda schaute sich alles an und fragte: «Von wo hast du das schöne Buffet?»

«Dieses Buffet ist von Mama, von dem habe ich nur den oberen Teil weggenommen und alles wieder auf Hochglanz poliert, bis die Flecken weg waren.»

«Ach, das Buffet kann ich gut brauchen.»

Dabei hatte sie schon eines und wir noch keins. Aber sie fand noch Verschiedenes, was ihr nun gefiel, weil ich es herausgeputzt hatte, sie nahm es einfach mit, mit den Worten: «Ich kann dies sehr gut gebrauchen»

Und dies, obwohl sie doch bereits alles der Abfuhr überlassen wollte.

Später fand Bruno im Abfall draussen eine alte Gugelhopf-Form, welche aber ganz schwarz war. Er fragte mich, ob man die Form vielleicht sauber bringen könnte und eventuell noch gebrauchen könnte. Voller Freude sagte ich: «Ja, das ist ja eine Kupfer-Form. Die möchte ich reinigen bis das Kupfer wieder rötlich glänzt, und dann in der Küche an die Wand hängen.»

Gleich machte ich mich an die Arbeit. Zuerst weichte ich die Form ein, dann fegte ich sie mit Stahlwatte und legte sie über Nacht wieder ein. Aber es brauchte drei Tage bis das Kupfer wieder leuchtete.

Am Wochenende kam wieder Brunos Bruder mit Familie auf Besuch. Voller Stolz zeigte ich die schöne Kupferform, welche Edda in den Garten geschmissen hatte. Daraufhin sagte sie: «Ach, die habe ich übersehen, ich nehme sie mit.»

Da wehrte ich mich aber zünftig. Ja, ich bekam sogar deswegen Streit mit ihr. Dann kam Bruno und zu allem Übel bekam ich sogar Schimpfe von ihm, ich solle nicht immer streiten. Sollte dies wieder meine Schuld sein? Natürlich wie immer. Aber ich wehrte mich stark um die Kupferform und gab sie nicht her.

Ein paar Tage später kam wieder Familie Müller auf Besuch. Edda fand immer wieder etwas, was sie mitschleppen wollte. Ja, sie nahm sich sogar die Frechheit und suchte in meinen Schränken. Ich gab ihr noch, was ich entbehren konnte, aber ich verbot ihr, in meinen Schränken herumzuwühlen. Dann war ich so froh, als sie die Wohnung verliessen.

Ein Läufer, der auch im Garten unter im Abfall lag, war natürlich sehr schmutzig, aber noch in gutem Zustand. Also probierte ich bei schönem Wetter diesen im Garten auf dem Asphalt mit viel Seife und mit Hilfe einer Bürste zu reinigen. Dann hängte ich diesen über die Teppichstange, spritzte mit dem Schlauch die Seife weg und liess den Teppich zum Trocknen hängen. Nun leuchtete der Teppich wieder in einem schönen Rot. Stolz legte ich diesen in den Korridor.

Als Familie Müller wieder kam, fiel der rote Teppich auf. Gleich fragte Edda: «Wo hast du diesen Teppich gekauft?»

«Dies ist der Teppich, den Du hinausgeworfen hast.»

«Den nehme ich mit, der gehört uns.»

Und schon wieder begann der Streit. Ich hatte nun endlich genug von ihren Besuchen. Aber zu meinem Erstaunen, hatte ich diesmal Unterstützung von Bruno, weil auch er diesen Teppich auf keinen Fall hergeben wollte.

Marco

Gerne lebte ich in Winterthur, wo ich aufwuchs. Endlich konnte ich wieder einmal mit ein paar Altersgenossen Kontakt aufnehmen.

Mit meinem Marco im Kinderwagen ging ich täglich spazieren oder marschierte übers Feld, wo er sitzend die Natur betrachten konnte.

Vorher im Wallis, als ich zum ersten Mal meinen Marco ausführte, sagte jede Frau die vorbeiging: «Äi das hibsche Mämmi.»

Ich war so erstaunt, denn wie soll ich durch die Geburt von Marco plötzlich hübsch geworden sein? Es wurde mir richtig peinlich bei diesen komischen Komplimenten. Aber mit der Zeit merkte ich, dass im Walliser-Dialekt, Mämmi nicht Mami heisst, sondern Baby.

Eines Morgens, anfangs Juli, blieb Marco sehr lange still in seinem Bettchen. Plötzlich bekam ich Angst und öffnete ganz, ganz leise die Tür, um nachzusehen, ob mein Baby noch atmete. Aber nein, Marco der erst sitzen konnte, war in seinem Bettchen aufgestanden und grinste mich verschmitzt an. Ich konnte meinen Augen nicht trauen, da er noch nicht einmal kriechen konnte. Vor Freude probierte er zu hüpfen, aber da purzelte er wieder in sein Bettchen.

Umziehen

An einem Freitagnachmittag, als ich gerade im Hauseingang den Boden gründlich auf den Knien fegte, kam Bruno und sagte: «Ich muss für längere Zeit nach Island. Dort müssen wir im Hotel wohnen. Es ist ein unterentwickeltes Land, wo wir das Nötigste für uns, aber vor allem fürs Baby mitnehmen müssen. Babynahrung gibt es dort keine. Du musst sofort für zirka neun Monate einkaufen, denn schon am Montag wird alle Ware abgeholt für den Umzug. Wir selber reisen drei Wochen später.»

Ich machte mich gleich auf den Weg in die Drogerie. Leider hatten sie nur wenig von jeweils einer Sorte Babynahrung an Lager. Ich musste in diverse Läden gehen und von Drogerie zu Drogerie eilen, um verschiedene Babynahrung zu kaufen. Dazu hatte ich nur noch den Samstag zum Einkaufen. Zudem werden am Samstag die Läden schon um 16 Uhr geschlossen.

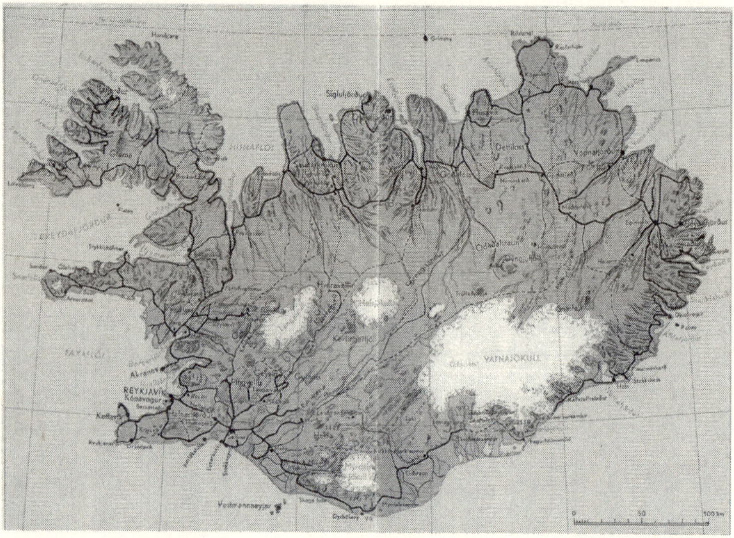

Island am Polarkreis

Für Island hatten wir Glück, denn der zukünftige Fabrik-Direktor von Island war in dieser Zeit zur Ausbildung in Zürich. Bruno fragte ihn: «Welches Hotel würden Sie uns empfehlen, um für neun Monate in Reykjavik zu wohnen?»

Daraufhin offerierte er uns sein Haus, welches während dieser Zeit unbewohnt sei. Wir müssten nur das Schlafzimmer mitnehmen, sonst wäre alles vorhanden.

Also musste ich noch Bettzeug und alle Wäsche einpacken. Zum Glück half mir Bruno dabei.

Grippe?

Es war Juni und immer noch hatte ich Geburtsblutungen. Ich fühlte mich nicht so wohl und glaubte schwanger zu sein. Als ich zum Arzt ging und ihm meine Vermutung offenbarte, lachte er mich aus und sagte: «Schauen Sie, zuerst muss die Geburtsblutung aufhören, vorher können Sie kein Kind bekommen. Ich gebe Ihnen Antibabypillen, die Sie nach der ersten Periode nehmen. Zudem dürfen Sie jetzt noch nicht schwanger werden. Erstens, weil die lange Blutung Sie geschwächt hat und zweitens dazu noch der Umzug. Dann müssen Sie auch aufpassen, weil der Beinnerv fast durchgeschnitten ist und deswegen ist Ihr Bein halb gelähmt. Warten Sie, bis der Nerv nachgewachsen ist. Wenn Sie wieder gebären sollten, müssen Sie sich gleichzeitig operieren lassen, damit die Verletzungen der Geburt wieder in Ordnung kommen.»

Nun war ich wieder beruhigt, weil ich ja einfach überanstrengt war. Endlich hörten die Geburtsblutungen auf, aber nun hatte ich das Gefühl, dass ich trotzdem schwanger sein könnte, oder ich hatte die Grippe. Und dies eine Woche bevor wir nach Island umzogen. Ich musste zur Sicherheit den Arzt fragen. Aber er lachte mich wieder aus und beruhigte mich, indem er zu meiner Sicherheit eine Untersuchung machte.

Als er zurück kam sagte er: «Sie haben tatsächlich recht. Sie sind eine von Millionen Frauen, die während der Geburtsblutung schwanger wurden. Sie sind im zweiten Monat.»

Ja das war zu viel, aber ich konnte es nicht ändern. Als ich es Bruno erzählte, meinte er: «Das ist unmöglich von mir. Ich habe ja nie richtig mit Dir geschlafen und von Petting ist noch nie jemand schwanger geworden. Du warst mit einem anderen Mann zusammen.»

Das war für mich noch der zusätzliche Schlag. «Wie kannst du nur so etwas von mir denken. Ich bin ja immer noch so wund von der Geburt, dass ich nur einigermassen gehen kann. Warum glaubst du, wozu schleppe ich ständig den Gummiring mit mir herum, und mit diesem kann ich mich auch nur auf Polsterstühle setzen? Wie stellst du dir das vor, mit all diesen Problemen, noch mit einem anderen Mann Geschlechtsverkehr auszuüben?»

«Du hast mir deine Geburtsprobleme nur vorgetäuscht.»

Dies war eine unmögliche Kränkung. Wie kann ein Mann überhaupt so was Schreckliches denken. Oder was geht in Brunos Kopf vor?

Umzug nach Island

Die Woche darauf reisten wir nach Island. Bruno war zuständig für die Fertigstellung der ersten Aluminium-Fabrik in Island. Am Flughafen in Keflavik wartete ein Herr von der Fabrik, um uns abzuholen und zum Direktoren-Haus in Reykjavik zu führen. Das Haus stand an der Strasse, Laugalak 48. Den Schlüssel fürs Haus brachte die Nachbarin, die sehr gut befreundet war mit dem Hausbesitzer. Als wir eintraten, erlebten wir eine Überraschung! Es war nicht wie der Direktor sagte, dass nur das Schlafzimmer fehle, sonst wäre alles komplett. Nein, die Küche war ausgeräumt, stattdessen, hing an der Wand, in diesem unterentwickelten Land, ein elektrischer Büchsenöffner. Aus einer Schublade kam eine elektrische Schneidemaschine hervor.

Das ganze Haus war mit Mahagoniholz gebaut worden und auch die vorhandenen Möbel im Esszimmer waren aus Mahagoni.

Schnell brachte uns die Nachbarin Tora zwei Essgedecke und zwei Pfannen. Dann ging die Tür auf und ein Mann vom Hafen kam herein und erklärte: «Das Schiff ist wohl im

Hafen angekommen, aber für so grosse Kisten sind wir nicht eingerichtet. Ihr müsst Euch noch ein paar Stunden gedulden.»

Olaf und Tora, die lieben Nachbarn.

Der Mann von der Fabrik, der uns abgeholte hatte, sagte sofort: «Ja das kenne ich, ein paar Stunden, wir können noch ein paar Tage warten. Ich hole besser in der Fabrik zwei Feldbetten und Wolldecken, damit Ihr heute Nacht schlafen könnt.»

Wir wohnten in einem von den Reihenhäusern, welche der ganzen Strasse entlang aneinandergebaut und im Stil wie Hühnerställe sind, wo gegen Norden das Dach tief hinunter gezogen ist. Die Öffnungen auf der Nordseite waren nur Haustüre, Schlafzimmerfenster, Bad- und Toilettenfenster. Bei dieser ständigen Kälte ist es vorteilhaft, wenn auf der ganzen Südseite sehr grosse Fester eingebaut sind, damit, falls die Sonne scheint, es schön hell und sehr warm wird. Vom Esszimmer aus führte eine Türe in unseren Garten. Für uns kurios, es gab keine Blumen wie bei uns, nur Moos, Gras und Sträucher, welche nicht höher als 40 cm hoch werden. Damals wurde es im Sommer nicht mehr als 12°. (30 Jahre später habe ich Fotos bekommen von meiner Nachbarin, wo die Sträucher nun ca. 80 cm hoch geworden sind und es im Sommer 15° warm ist.)

Als wir ins Bett gingen um 23 Uhr, war es hellheiterer Tag und wir konnten nicht schlafen, weil die Sonne direkt in unser Zimmer hineinschien. Läden zum schliessen gab es nicht, auch keine grossen Vorhänge, um das Licht abzudecken.

Als dann nach drei Tagen endlich die Kisten ankamen, konnte ich unsere ersehnten Betten mit unserem Bettzeug auspacken. Die fremden Wolldecken und die Kartons vom Umzug nahm ich, um damit die Fenster abzudecken. Es musste von aussen ausgesehen haben, als wären die Zigeuner eingezogen.

Unsere Nachbarn

Die Nachbarkinder kamen immer und hüteten Marco. Gerne führten sie ihn im Kinderwagen herum. Marco fing sogar an isländisch nachzuplappern. Ich war froh, dass er von den Kindern viel Anregung bekam, da ich wegen meines Unwohlseins nicht allzu viel unternehmen konnte.

Das Einkaufen bereitete mir viel Spass, besonders, weil ich dabei Marco spazieren führen konnte. Ich plauderte mit ihm und er antwortete mit seinem Kauderwelsch. Ich musste lernen, wie die Sachen auf Isländisch heissen, wie z. B.: Milch, Butter, Brot, Fleisch, etc. Im hohen Norden oben, war die Milch viel schmackhafter und speziell der Quark. Dies war ein Vorteil fürs Baby, denn ich konnte verschiedene Babynahrung mit Quark mischen und sie dadurch schmackhafter machen.

Zweimal pro Tag gab es frischen Fisch, den man nicht per Gramm kaufte, sondern man verlangte einfach ein ungefähr so grosses Stück. Gemüse und Äpfel waren sehr teuer, man kauft nicht per Kilo, sondern nur ein bis drei Äpfel, auch keinen ganzen Kohl, sondern 1/8 davon oder, wer es bezahlen konnte, eventuell auch mehr.

Marco kroch auf allen Vieren herum und wo er sich halten konnte, stand er auf und vor Freude probierte er seine ersten Sprechversuche. Dann liess er sich einfach aufs Windelpack hinunterplumpsen und kroch aufs Neue davon, um Entdeckungen zu machen.

Einmal musste ich schnell ins Badzimmer hinauf und schon hörte ich, wie Marco mir blitzschnell folgte und die Treppe hinaufkletterte. Ich erschrak fürchterlich und musste schnell überlegen: «Gehe ich jetzt hinaus zu ihm, so könnte er aufstehen und vor Freude mit den Armen herumschwingen und somit rückwärts die Treppe hinunterstürzen. Also besser ich warte und hoffe, dass Marco bis nach oben kommt.»

Ich wartete mit einer Todesangst, weil die Stufen lose Bretter waren, wo so ein kleines Kind, ohne weiteres zwischendurch kriechen kann und dann auf die untere Treppe hinunterfallen. Scheusslich!

Endlich schaute ein strahlendes Köpfchen durch die Tür. Gott sei Dank! Nun konnte ich endlich Marco unversehrt und überglücklich, wieder in meine Arme schliessen.

Leider machte es Bruno Spass, das Kind auf mich aufzuhetzen. Ich probierte vor dem Kind still zu sein, um nicht noch mehr Schaden anzurichten.

Die Nachbarin Tora kam öfters, besonders als sie wusste, dass schon wieder ein Baby unterwegs war. Sie konnte gut Englisch, sodass wir uns dementsprechend gut unterhalten konnten. Auch brachte sie mir bei, wie man die Island-Pullover und die passende Kappe dazu strickt. Auch zeigte sie mir, wie man Island-Finken-Socken strickt.

Weil es in Island sehr viel und so stark regnet, es dazu auch noch immer kalt ist, zieht man am besten Gummistiefel an. Sobald man in ein Haus eintritt, lässt man die Stiefel beim Eingang und geht mit den Finken-Socken herum. Ich finde dies eine gute Idee. Also bestrickte ich während meines Islandaufenthalts, die ganze Familie mit Island-Wolle.

Für mich war es angenehm, weil Bruno ziemlich weit weg von Reykjavik in Straumsvik arbeitete und meistens sehr müde heimkam. So konnte ich mich tagsüber hinsetzen und stricken, besonders wenn es mir übel war. Als wieder einmal meine Stricknadeln klimperten, war es auf einmal, als würde jemand ganz sachte an meine Bauchwand klopfen und mir sagen: «Hier bin ich!»

«Das war so fein, das muss sicher ein Mädchen werden», dachte ich und fühlte mich überglücklich. Das war so ein schönes Gefühl, einmal nicht etwas Aggressives zu spüren. Gerne hätte ich eine Rahel, weil in der Bibel Leas jüngere Schwester sehr hübsch war und Rahel hiess. So hoffte ich, eine viel hübschere Tochter als ich bin zu bekommen.

An einem Samstag um Mitternacht, als wir im tiefen Schlaf träumten, läutete es wie verrückt an der Haustür. Bruno ging hinunter und öffnete. Da stand ein grosser, korpulenter Mann und kam herein. Ja er wollte sogar bei uns bleiben, weil er vom Norden her nach Reykjavik gekommen war und seinen Freund Halldorson besuchen wollte. Bruno war perplex, aber erklärte ihm sofort, dass Halldorson in Zürich zur Einführung als Direktor der ISAL sei, und wir in dieser Zeit in seinem Haus wohnen dürften. Dieser Mann fand dies wundervoll und wollte sofort mit uns feiern, doch Bruno vertröstete ihn auf den Morgen. Die Nacht wurde kurz, denn schon kurz nach sieben Uhr läutete es. Halldorsons Freund war schon wieder da, und zwar kam er mit starkem Seegang herein. Er hatte die Nacht im Flughafen verbracht, weil dort der einzige Ort in Island ist, wo Alkohol ausgeschenkt wird. Dies war auch ein Grund, warum er nach Reykjavik kam. Immerhin, diese Begegnung fanden wir sehr lustig.

Die Landschaft

Die Luft in Island war so klar, dass man ohne weiteres von Reykjavik aus den Berg auf der 100 km weit entfernten Halbinsel sehen konnte. Am längsten Tag verschwindet die Sonne für zehn Minuten gerade unter dem Horizont hinter dem Berg. Darum sieht es von Reykjavik aus, als verstecke sie sich für einen Moment.

Bruno hatte vom Geschäft einen VW zu Verfügung. Den durften wir am Wochenende privat benutzen.

So profitierten wir, falls es nicht regnete, das interessante Land zu bereisen. Island ist ein wunderschönes Vulkanland mit vielen Wasserfällen, besonders dem Gullfoss, den wir bewunderten.

Auch faszinierend waren die Geysire, wo die Erde brodelt und langsam entsteht eine erdige Blase, welche plötzlich platzt und das kochende Wasser in einer bis zu 35 m hohen Fontäne hinaufspritzen lässt.

Dann der Myvatn See, mit glaskla-

rem Wasser, der auch etwas ganz Besonderes ist. Auch der feuerspeiende Vulkanberg Hekla, der das ganze Jahr hindurch mit Schnee bedeckt ist.

Im Jahre 1930 wurde das isländische Parlament auf Thingvellir gegründet. Diese Talsohle mit der keimfreien Luft ist nicht nur für die Isländer ein ganz besonderer Ort, sondern auch für jeden Besucher. Damals gab es kaum Tourismus in Island. Später wurde alles anders.

Einmal fuhren wir bis zur südlichen Küste, von wo aus wir die Vestmannaeyjar Insel sehen konnten. Später ist der Vulkan ausgebrochen und verschüttete die ganze Stadt. Soviel ich weiss, verschwand die Insel danach. Aber es gibt auch das Umgekehrte.

Tora schenkte uns einen Film. Ein Fischer hatte Feuer draussen im Meer entdeckt. Er alarmierte sofort, dass vermutlich ein Schiff in Brand sei. Per Flugzeug rückten sie zum Löschen aus, aber es war etwas Eigenartiges, eher wie eine Explosion mit Feuer und schwarzem Material. Bald bemerkten sie, dass es etwas vulkanartiges sein musste, denn es wurde immer mehr und dehnte sich aus. Innerhalb von ein paar Tagen entstand die Insel Surtsey mit 45 km Durchmesser und 65 m hoch. Es war im Jahr 1964. Wir wohnten im Jahr 1968 in Reykjavik, als man bereits probierte, die Insel zu bepflanzen.

Das Leben in Island

Es war Hochsommer, aber es wurde nie wärmer als zwölf Grad in Reykjavik. Trotzdem, wenn die Sonne schien, gingen die Kinder barfuss und in Sommerkleidern auf die Strasse. Ich hingegen konnte nie ohne Mantel aus dem Haus gehen bei so niedrigen Temperaturen.

Wir wohnten schräg gegenüber vom Fussballstadion und ganz nahe beim Schwimmbad. In Island kühlt man das Wasser hinunter, damit man baden kann, und die Isländer gehen ins Schwimmbad, um sich wieder einmal so richtig aufzuwärmen. Gute Reinlichkeit vor dem Schwimmengehen ist obligatorisch. Vor dem Baden muss man sich zuerst total einseifen und zwar unter Aufsicht. Die Duschen sind an einer Wand mit kleinen Trennwänden, wie im Männer-WC, und jeder der da vorbeigeht, kann zusehen. Die Aufseherin kam zu mir und sagte: «Sie müssen die Badehose hinunterziehen, um sich total einzuseifen.»

Mit meinem Babybauch schämte ich mich fürchterlich, besonders weil auch Kinder vorbeigingen. Aber das Baden tat mir gut.

Fast immer war es mir sehr übel. Zum Glück kamen öfters die Nachbarkinder, die mit Marco spielten und spazierengingen, damit ich mich in den Sessel setzen konnte und stricken. Dabei freute ich mich auf meine angekündigte Rahel.

Brunos Lohn wurde in isländischer Krone ausbezahlt. Aber, oh Schreck, die Krone fiel dreimal während wir dort wohnten. Zusammen wurde es beinah 50 % minus. Da kauften wir einfach möglichst viele isländische Andenken ein, wie Schaffelle und Ponyfelle, isländische Trachtenpuppen, reine ungefärbte und nicht gedrehte Schafwolle. Auch aus Lava hergestellte, handgemachte Vasen und Schalen.

Die Zeit verging, auch der Herbst ging zu Ende und dann kam der Winter mit Eis und Schnee. Dafür, wenn die Sonne schien, war das Meer tintenblau zwischen dem weissen Schnee. Aber die Tage wurden sehr schnell kürzer und schlussendlich dämmerte es nur noch ganz leicht. Ich blieb bis zehn Uhr im Bett und es war immer noch so dunkel, wie im Bauch einer Kuh. Um elf Uhr fing es langsam an zu dämmern, doch bevor der Tag anbrach, war es um drei Uhr nachmittags schon wieder tief dunkle Nacht. Dies schlug mir aufs Gemüt, und ich sehnte mich nach der Schweiz und der Sonne in den Bergen. Island ist ja ein sehr interessantes Land und die langen Nächte in der warmen Stube sind auch nett, aber wenn es am Tag auch noch dunkle Nacht ist, dann bekommt man den Koller.

Unsere Rückreise war auf Ostern geplant. Nun kam die glückliche Nachricht, dass die Arbeit in der ISAL-Fabrik bereits dem Ende entgegen gehe, und wir schon auf Weihnachten wieder zurück in unsere Heimat reisen konnten. Gott sei Dank!

Vierter Umzug zurück nach Winterthur

Für den Umzug musste ich diesmal nicht viel vorbereiten, denn die Zügelmänner erledigten das Einpacken, und in unser Wohnung in Winterthur wartete ja der dortige Haushalt auf unsere Rückkehr.

Als wir von der Schweiz nach Island umzogen, hatten wir vier Stunden Aufenthalt in London Heathrow gehabt, weil es keine Direktflüge gab. So profitierte ich, mich mit meiner italienischen Freundin Elisa im Flughafen London zu treffen. Sie ist mit einem Engländer verheiratet und lebt in England. Wir freuten uns so sehr über das Wiedersehen. Sie plauderte mit ihrem italienischen Akzent englisch. Da ich aber mehrere Jahre im Tessin gelebt hatte, war mir das Italienische viel geläufiger und ich bat sie, Italienisch zu sprechen. Es war so schön zusammen zu sein nach so vielen Jahren. Wir erinnerten uns gegenseitig an unsere College-Zeit, und fühlten uns in Gedanken zurückversetzt in unsere Jugendzeit. Dann musste ich mich verabschieden, aber mit der Hoffnung, uns bei der Rückreise wieder zu treffen.

Nun war es soweit. Bereits im Dezember konnte ich Elisa wieder während des Transit in London, im Heathrow Flughafen treffen, von wo wir anschliessend zurück in die Schweiz nach Hause fliegen konnten. Elisa und ich fielen uns in die Arme, sie sprach dieses Mal Italienisch und ich Englisch. Es war so lustig, wie Elisa sich erinnerte, mit mir in ihrer Muttersprache zu sprechen. Da ich aber in Island immer Englisch gesprochen hatte, bekam ich plötzlich Schwierigkeiten mit Italienisch. Kaum zu glauben. Wir mussten deswegen so lachen. Ach, wie eigenartig!

Zurück in Winterthur

Zurück in Winterthur mussten wir uns wieder akklimatisieren. Leider bekamen wir immer noch keinen Bericht, um nach Durban zu ziehen. Eigentlich war ich froh wegen der kommenden Geburt, für die ich lieber in der Schweiz war. Doch dann kam der Bericht, um für längere Zeit nach Deutschland zu reisen.

Leider mussten wir umziehen, bevor unser Haushalt aus Island ankam. Also packte ich den Winterthurer Haushalt ein und schickte diesen nach Deutschland. Zu Bruno sagte ich: «Zum Glück haben wir zwei Haushalte. So können wir die Kisten aus Island bei ihrer Ankunft gleich weiterschicken. Das kann die Fabrik dann übernehmen, und die Kisten für die Reise nach Durban verschicken.

Als ich nun die Wohnung geräumt hatte, zog ich mit Marco nach Goldach zu meiner Mutter, die uns für einen Monat aufnahm, bis wir in Deutschland einziehen konnten. Auch konnten wir uns wenigstens über Weihnachten und Neujahr bei Mutti etwas zuhause fühlen und mussten nicht in einem fremden Land, in der leeren Wohnung, auf unsere Kisten warten. Mitte Januar kam Bruno, um Marco und mich abzuholen und uns nach Ludwigshafen in unsere dortige Wohnung zu führen.

Unterdessen waren unsere Kisten in Ludwigshafen an der Mundenheimerstrasse 152 angekommen. Nun musste ich auspacken und einräumen. Aber mit meinem bereits sehr dicken Bauch, als wäre ich bereits im neunten Monat, machte es mir grosse Mühe. Auch musste ich die Vorhänge umnähen, denn die Gardinen hatten eine andere Mechanik als in der Schweiz, deswegen musste ich alle Ringlein ändern. Beim Teppichzuschneiden half mir Bruno, und zusammen verklebten wir diese. Dann verschönerte ich die Wände mit einigen Bildern.

Die Wohnung in Ludwigshafen war sehr klein, trotzdem war es schon mehr als genug, um wieder einzurichten. Zudem war es mir ständig übel. Auch war es gefährlich mit Marco, der gerade einjährig war. Er rannte überall herum, und riss alles hinunter was er erwischte.

Ich musste zum Gynäkologen zur Kontrolle. Er riet mir, bei der Geburt gleich die entstandenen Wunden von der ersten Geburt operativ auszubessern. Dies merkte ich mir gut, denn mit einem hinkenden Bein das ganze Leben herumzulaufen wäre scheusslich.

Kaum eingerichtet, konnte ich nicht mehr gehen, da der Bauch auf die Beinnerven drückte und ich hatte ja immer noch die Probleme von der ersten Geburt her und brauchte immer noch einen Gummiring zum Sitzen, zu allem noch die Hinkerei.

Zum Glück konnte ich vor der Geburt nochmals zu meiner Mutti ziehen, die auf den kleinen Marco aufpasste. Auch war ich an einem besseren Ort im Kantonsspital St. Gallen für die Geburt, wo mein ehemaliger Schularzt die lernenden Schwestern betreut.

Die Geburt von Rahel

In Goldach besuchte uns Bruno jedes Wochenende. Es war schon zwei Wochen über die Zeit und Karfreitag. Ich fühlte mich fürchterlich und das Baby machte noch keinen Wank. Als ich so richtig schlief in der Nacht, erwachte ich plötzlich, weil ich einen Wasserbruch hatte, der sich stossweise wiederholte, wie wenn das Kind gleich kommen würde. Es war morgens um zwei Uhr. Ich bekam Angst und rief: «Hilfe, schnell, Bruno, Mutti, schnell ins Spital, Rahel kommt schon. Ich brauche Leintücher und viele Windeln wegen dem Wasser.»

Wir alle rasten zum Auto und weg nach St. Gallen. Immer wieder kamen richtige Wirbelstösse, sodass ich glaubte, das

Kind träte bereits aus. Wir fuhren direkt zum Notfall beim Spital und gingen so schnell es ging in den Gebärsaal. Aber die Schwestern lachten mich nur aus. «Frau Müller, ein Baby kommt nicht so schnell und Ihr Baby ist noch weit oben, das dauert noch Tage. Aber wir bringen Sie in ein Zimmer, damit Sie ruhig schlafen können.»

Nun wurde ich mit dem Spitalbett vom Gebärsaal durch den langen Gang zum Lift gestossen. Bruno half mit, weil die Räder sehr holperig rollten. Dem Baby in meinem Bauch gefiel das nicht und es stiess mich wie wild. Bruno wollte nochmals zurück in den Gebärsaal, weil er sich noch gut ans letzte Mal erinnerte. Er konnte die Schwester überreden und mich zurück in den Gebärsaal stossen. Die Schwestern jedoch trösteten ihn, mit den höhnischen Worten. «Es wird noch Stunden dauern bis zur nächsten Wehe. Dann, Herr Müller, dürfen Sie uns rufen. Gute Nacht!»

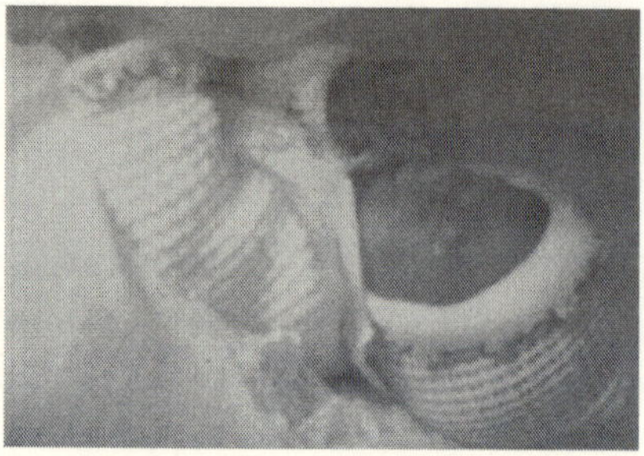

Aber oha, noch nicht fertig gesprochen, fing bereits die folgende Wehe an. Nun erwachten alle und rannten wie wild herum, um mich zu wägen und zu messen, aber es war zu spät. Das Baby schrie bereits um 3:10 am Karsamstag. Wie schön es ist, ein Mädchen, gesund und stark in meinen Armen zu halten. Ich hatte es geschafft, Rahel war da. Wie süss mein Baby war und sie hatte so schöne, feine, aristokratische Fingerchen. Sie hatte zwar ein runzeliges Gesicht, genauso, wie die Schwiegermutter, bevor sie starb. Gott sei Dank! Nun konnte Bruno sicher nicht mehr behaupten, ich wäre fremdgegangen.

Ich musste längere Zeit im Spital bleiben, weil ich geschwollene Beine hatte, und musste die Beine im Bett hoch lagern.

Aber sonst ging es mir gut. Danach musste ich weiterhin Gummistrümpfe tragen, wie schon den ganzen Winter hindurch.

Nach dem Spital durfte ich nochmals zu meiner Mutti, um mich langsam wieder an meinen Alltag zu gewöhnen und natürlich auch an meine zwei Kinder. Nach drei Wochen holte uns Bruno, um wieder zurück nach Deutschland zu reisen.

Rahel in Ludwigshafen

Die Arztkontrolle machte ich wieder in Ludwigshafen beim Gynäkologen. Er riet mir, eine Nachoperation zu machen, weil bei der ersten Geburt der Beinnerv durchschnitten wurde und immer noch an einem Haar hing. Beinah wäre das Bein lebenslänglich gelähmt gewesen. Dazu wäre ein weiteres Kind höchst problematisch. Die Nachoperation könnte man gerade mit einer Unterbindung verbinden, was das Beste für mich wäre, bei solchen Zuständen. Ja, ich wollte sowieso nur zwei Kinder.

Ludwigshafen ist eine schmutzige Arbeiterstadt und wir versuchten jeweils an den Wochenenden ins Grüne zu fahren. War es heiss, so fuhr Bruno mit uns hinaus an die frische Luft in den schönen Odenwald. Da konnte man wirklich wieder feine Luft atmen in dieser grünen Idylle. Die riesengrossen hohen Bäume und Tannen bildeten ein wunderschönes grünes Dach, wodurch man das Helle von der Sonne sehen konnte.

Auf dem Heimweg sahen wir den Rauchdunst, der wie eine Käseglocke die beiden Städte Mannheim und Ludwigshafen einhüllte. Ich mag mich erinnern, dass ich von der Wohnung aus die Sonne nur so sah, als wäre es der aufgehende orangefarbige Mond.

War es sehr heiss, so fuhr abends um sechs Uhr Bruno mit uns zu den nahegelegenen Baggerseen zum Baden. Ich bereitete immer das Abendbrot fürs Picknick vor, und somit konnten wir den Abend draussen an der frischen Luft geniessen. Rahel nahmen wir im Körbchen mit, bei dem wir das Dach hochziehen konnten, damit sie Schatten hatte. Für Marco strickte ich kleine Badehöschen mit denen er im Wasser plantschen konnte. Aber einmal, da machte er eine Bescherung in die Badehose, wo ich weit hinaus ins Gras gehen musste, um alles so gut es ging zu reinigen. Trotzdem war es doch besser mit einem Badehöschen, als Marco im Windelpack herumspringen zu lassen, und mit dem wäre es unfein, ins Wasser zu purzeln.

Umzug 7 nach Winterthur

Einige Monate wohnten wir in Ludwigshafen, da musste ich schon wieder alles einpacken, weil wir zurück nach Winterthur ziehen mussten. Wieder konnten wir in die Wohnung der Schwiegermutter ziehen, welche während dieser Zeit renoviert wurde. Natürlich kam in dieser langen Zeit unser Haushalt von Island an. Also konnte ich nun diesen auspacken und einräumen. Aber nun hatte ich zwei kleine Racker, die mich ständig auf Trab hielten. Doch war ich glücklich, zwei sehr gesunde und aufgeweckte Kinder zu haben.

Teppiche musste ich dieses Mal nicht verlegen, aber dafür wieder Vorhänge nähen und sonst noch viele Kleinigkeiten ändern. Die Bilder aufzuhängen war dann das Dessert.

Als wir einigermassen eingerichtet waren, probierte ich wieder Kontakt aufzunehmen mit meinen Schulkameraden. Es freute mich, nun wieder in unserer Heimatstadt Winterthur zu wohnen.

Hingegen wurde Bruno die Warterei auf Durben in Südafrika zu langweilig und zu dumm. Da wir bereits zwei kleine Kinder hatten, die uns der Herrgott bescherte während dieser Zeit, fand Bruno es besser, eine andere Arbeit zu suchen. Er wurde eingestellt bei der Elektrowatt und zwar fürs Tessin, in der Südschweiz.

Also, fast fertig eingerichtet in Winterthur, hiess es nun schon wieder einpacken, um nach Bellinzona umzuziehen, wo ich damals Bruno kennen gelernt hatte. Da konnten wir gleich die Kisten von Ludwigshafen nach Bellinzona schicken. Aber den Rest musste ich auch noch mitnehmen. Schon wieder ein Umzug!

Umzug 8 ins Tessin

Hier im Tessin in der Pedevilla, am Rande von Bellinzona stand unser neues Heim. Wir wohnten in einem romantischen kleinen Haus mit Garten ringsherum. Doch Marco hatte Probleme. Er, mit seinen erst 22 Monaten musste den Wohnort zum achten Mal wechseln. Dazu sollte er noch verschiedene Sprachen lernen. Zu unserem Schweizerdeutsch, Isländisch, Pfälzisch und nun noch Italienisch. Das war vermutlich zu viel für ihn, dazu bekam er noch eine kleine Schwester, die auch noch viel Zeit in Anspruch nahm. Alles zusammen war vermutlich der Grund, warum Marco ein ganzes Jahr lang Durchfall hatte. Man kann sich verstellen, wie viel Arbeit er mir machte, speziell wenn es plötzlich durch die Windeln hinaus lief und dabei wie bei einer Schnitzeljagd den Boden markierte. Auch wollte Marco nicht mehr sprechen, vermutlich war's ihm einfach zu blöd, weil er ja schon in Island damit angefangen hatte.

Glücklicherweise wohnte in der Nachbarschaft ein Mädchen, das zufällig auch Lea hiess. Sie ging ins Gymnasium und in der Freizeit hütete sie gerne meine Kinder. Im Tessin spricht man einen Dialekt, aber Lea sprach nur das gute Italienisch mit uns und Marco. Auch nahm sie sich Mühe, Marco ständig zu korrigieren und sorgte für eine gute Aussprache, wovon Rahel später auch profitieren konnte.

Rahel unter Palmen

Hier im sonnigen Süden konnten wir von unserem Garten profitieren. Alles was im Garten wuchs durften wir ernten. Die feinen, aromatischen, grossen Tomaten und auch von den Bäumen, speziell die herrlich süsse Frucht, die Kaki. Für uns, nördlich der Alpen, war diese Frucht damals noch unbekannt. Da das ganze Grundstück eingehagt war und mit einem Gartentor verschlossen, konnte ich Marco bedenkenlos alleine im Garten lassen, während ich Rahel fütterte und trockenlegte. Nachdem ich sie versorgt hatte, und auch kein Görpslein mehr kam, verpackte ich sie in den Kinderwagen. Diesen stellte ich unter die schöne Fächerpalme im Garten. So konnte Rahel bis zum Einschlafen den Palmenblättern zusehen, wie diese sich im Winde bewegten, und dem Klappern zuhören, welche die Blättersteifen beim Zusammenschlagen verursachten.

Damit Rahel nichts passierte, hatte ich sie in eine Spezialjacke gesteckt, die man anbinden konnte und mit welcher sie trotzdem die Möglichkeit hatte, sich etwas aufzurichten um hinauszusehen, ohne dass ich Angst haben musste, sie könnte hinauspurzeln. Auch konnte ich die Kinder vom Haus aus durchs Fenster beobachten. Sobald Rahel erwachte lief ich schnell hinaus. Rahel verwarf ihre Arme sobald sie mich sah, und vor lauter Freude lachte sie mir entgegen. Sie sah so süss aus. Ich war sehr glücklich mit meinen beiden Kindern, für die ich alles tat, was in meiner Macht stand.

Risottata

In der Südschweiz gibt es am Fasching ein Risotto-Essen, welches jährlich auf dem Gemeindeplatz stattfindet. Im Freien wird in einer Pfanne, welche ca. einen Meter Durchmesser hat, der Risotto gekocht. Dazu gehört viel Safran und Rotwein. Dann wird dieser Brei ständig gerührt, bis eine gebundene Masse entsteht. Zum Risotto wird eine Wurst serviert und zum Trinken bekamen wir Rotwein. Dieser Risotto schmeckt wirklich fantastisch gut. Natürlich nahm unsere ganze Familie an diesem Essen teil. Unser kleiner Marco mit seinen zwei Jahren bekam auch eine Portion. Er sass zwischen uns Eltern. Unser Baby Rahel war zehn Monate alt. Ich setzte sie im Kinderwagen auf und stellte diesen neben den Tisch. Da kam ein Fotograf vorbei und stellte dem Baby auch eine Portion Risotto hin, dazu sogar einen Becher Wein. Rahel war entzückt und posierte wie ein Star mit einem dankenden Lächeln. Am nächsten Tag sah ich die Zeitung und zu meiner grossen Überraschung auf dem Titelblatt das Bild von unserem Baby Rahel. Darunter stand geschriebenen: «Die kleinste Besucherin am Risotto-Essen.»

Operieren

Endlich hatte ich mich ziemlich gut von den Geburts-Beschwerden erholt. Also war es Zeit für das, was ich schon längst hätte machen sollen, endlich die Operation für die noch ausstehende Korrektur der ersten Geburt und die gleichzeitige Unterbindung machen zu lassen. Zudem hatte ich Angst, weil für mich eine weitere Schwangerschaft problematisch wäre, zusammen mit den früheren Problemen. Bruno wollte eigentlich zehn Kinder, aber das war unmöglich für meinen Zustand. Zum Glück riet der Arzt, Bruno solle unterschreiben für die Durchführung einer Unterbindung, denn eine weitere Schwangerschaft brächte sehr grosse Schwierigkeiten mit sich. Zudem brauchten die beiden anderen Kinder ihre Mutter. Endlich willigte Bruno ein für die Unterbindung, aber mit Unterscheiben wolle er noch warten, bis nach dem

Militär-WK. Hinterher würde er mich ins Spital gehen lassen.

Leider vertrug ich die Antibabypille überhaupt nicht. Ich sollte keine Kinder mehr bekommen wegen den vielen Problemen. Also kam nur noch das Thermometer als Hilfsmittel in Frage. Doch mit diesem Ding kam ich einfach nicht klar. Wenn die Temperatur ansteigt, soll der Eisprung stattfinden, aber die Temperatur ging ständig auf und ab, da hätte ich ja zwei bis drei Eisprünge zwischendurch. Das Ding konnte doch nicht stimmen.

Nun im Herbst musste Bruno seinen WK absolvieren. Er kam jeweils am Wochenende nach Hause. Meine Periode war beinahe zu Ende, also keine Gefahr.

Ferienhaus bauen

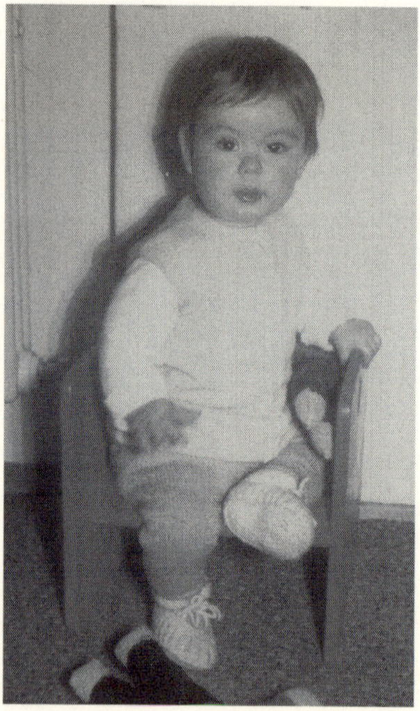

Ich war so glücklich, zwei wackere Kinder zu haben, ja genau nach Wunsch zuerst ein Bub und dann ein Mädchen. Die kleine Rahel war eine richtige Zuckerpuppe, darum nannte ich sie Püppchen, wie in der Operette: «Püppchen du bist mein Augenstern. Püppchen hab dich zum Fressen gern.» Ich hätte gerne viel mehr Zeit gehabt für meine beiden Kinder. Endlich bekam ich nach und nach wieder etwas mehr Kraft, nach all den vielen Strapazen.

Bruno wollte nun bauen, wie viele andere, die zu Geld gekommen waren. Das Terrain kaufte er fürs Ferienhaus oberhalb von Bellinzona, wo man übers ganze Tal bis nach Italien sehen kann. Ich willigte ein, weil es mit Kindern besser ist, im Ferienhaus als im Hotel Ferien zu machen. Dazu wohnen viele Tessiner während den heissen Sommermonaten in den Bergen. Bruno hatte noch nicht so viel Geld, darum musste meine Mutti die Kosten berappen, mit Schweizerfranken und Rappen. Dafür durfte ich nun auch etwas sagen, und beim Auslesen von Material und Farben dabei sein. Fürs Badezimmer wählte ich weinrote Kacheln für die Wände und für den Boden weisse, damit ich den Boden nur putzen werde, wenn dieser schmutzig ist.

Wir fuhren hoch nach Paudo, um zu schauen, wie weit unser Ferienhaus war. Bei der Grundmauer war noch ein Graben davor. Quer darüber lag ein Brett, auf welchem wir zum Eingang gelangen konnten. Bruno ging voraus und sagte: «Vorsicht! Das Brett ist nicht so stark. Es biegt sich leicht, deshalb ist es besser, wenn nur einer nach dem andern darüber geht, es könnte brechen und wir könnten hinunterfallen.»

Am Abend als ich mit den Kindern betete: «Engeli komm, mach mich fromm, damit wir zu dir in den Himmel kommen. Segne Papi, Nonna und, und …»

Da meinte der kleine zweijährige Marco: «Aber Mami, wenn so viele in den Himmel kommen, dann fällt er doch plötzlich herunter.»

Ein Ferienhaus zu bauen, war für mich eher eine Entlastung, weil Bruno eine gute Beschäftigung hatte, da er immer wieder nachsehen musste, wie es mit der Bauerei weiterging, und ob alles seinen Vorstellungen entsprach. Am Wochenende gingen wir alle zusammen auf den Bau. Ich half Bruno beim Kabeleinziehen. Später meisselte ich für die Schalter alle Löcher und montierte diese so, wie mir Bruno als Elektro-Ingenieur die Anweisungen gab. Die Wände isolierten wir mit Holztäfer. Da machte ich Brunos Handlanger. Nebenbei musste ich immer auf die Kinder aufpassen und Windeln wechseln.

Die fertigen, rohen Holzwände, Fenster und Türen fing ich an mit Konservierungsmittel zu bestreichen. Dies musste man wiederholen und mit Mattlack überstreichen.

Als Mutti wieder einmal für längere Zeit auf Besuch kam, schaute sie den Kindern und ich ging alleine hoch nach Paudo, um den ganzen Tag am Malen zu bleiben. Mit Bruno stieg ich sogar aufs Dach hinauf, um den Dachstuhl zu malen. So konnten wir viel Geld sparen.

Frühjahr 1970

Im Frühling, war Rahels erster Geburtstag. Sie bekam Bauklötze, welche Marco als Puzzle benutzen konnte.

Langsam hatte ich wieder Zeit, den Garten zu geniessen und hie und da mit meiner Nachbarin einen Kaffee zu trinken.

Für die Kinder suchte ich immer gute Spielsachen, damit Marco möglichst mit organischem Material spielen konnte. Nur Lego-Spielzeug fand ich gut, um kreativ etwas zusammenzubauen. Dabei zeigte ich den Kindern immer, was man damit machen kann und dann überliess ich es ihnen, damit sie selber überlegen

und kreieren konnten. Ich konnte meiner Arbeit nachgehen, aber immer mit einem Ohr im Kinderzimmer. Sobald ich merkte, dass die Konzentration fehlte oder Marco ungeduldig wurde, ging ich hin und zeigte, wie man dieses Spielzeug versorgt und etwas anderes hervorholen kann. Wieder lehrte ich sie, wie das Hervorgeholte funktioniert. Damit verging der Tag viel zu schnell mit allem, was ich nebenbei noch erledigen musste.

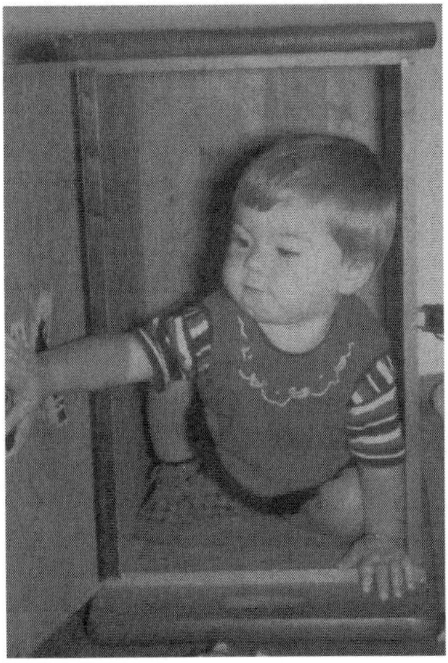

Muttis Geburtstag

Wir schenkten Mutti zum Geburtstag eine Eintrittskarte für die Scala Mailand, inklusiv der Busfahrt zur Oper, wenn sie im Winter bei uns auf Besuch sei. Dieses Geschenk freute sie und sie buchte ein Ticket für «Lucia di Lammermoor» von Donizetti. Voll Begeisterung kam sie davon zurück.

An einem späteren Geburtstag schenkten wir Mutti eine Kreuzfahrt nach Senegal mit der Costa Eugenio, einem der damals neusten Schiffe. Leider kam sie nicht zurück, denn als wir sie abholen wollten, war niemand da. Wir telefonierten überall herum, doch keiner wollte etwas wissen. Es war verrückt! Schliesslich kam kurz nach Mitternacht ein Anruf vom Reisebüro: Mutti sei wohlauf, aber sie würde mit einem Tag Verspätung ankommen. Das Schiff sei in einen Sturm geraten und ein Motor sei ausgefallen, deswegen dauere die Reise einen Tag länger.

Endlich konnten wir ins Bett und einschlafen. Am anderen Tag holten wir Mutti ab, die wir heil und ganz glücklich wieder in Empfang nehmen konnten. Sie hatte die verlängerte Reise in vollen Zügen genossen.

Umzug 9 ins Torcett

Schon so richtig eingelebt Ende 1970, ja sogar mehr als ein Jahr waren wir im Tessin und fühlten uns wohl in diesem Haus. Der Besitzer war immer sehr nett. Leider kam er eines Tages und teilte uns mit, dass er im Sinn habe, das Haus zu verkaufen. Aber er möchte uns nicht einfach kündigen, sondern er würde warten, bis wir etwas gefunden hätten.

Wir hatten wieder Glück! Ein Haus, das fertig gebaut wurde, in das aber der Besitzer noch nicht einziehen wollte, weil er noch ein paar Jahre weiter sein Geschäft behalten wollte und in jenem auch wohnen musste. Deshalb konnten wir die schöne, grosse Villa günstig mieten. Also für mich wieder ein Umzug. Ich hatte ja Übung im Ein- und Auspacken, doch mit den beiden Kindern, die so lebhaft waren, wurde es mir doch zu viel. Plötzlich wurde es mir stark übel und ich musste mich für einen Tag flach legen, weil mein Herz nicht mehr mitmachte. Dies erschwerte noch den ganzen Umtrieb.

Die Villa im Torcett, war nicht weit entfernt vom Haus in der Pedevilla, nur noch etwas erhöhter und mit freier Sicht in die Magadino-Ebene. Ringsherum war der Garten und noch eine lange hohe Mauer mit einer Treppe, die zu einer unteren Fläche führte. Dort konnten wir den Gemüsegarten anlegen. Den Garten mussten wir noch bepflanzen und hatten fast freie Hand dazu. Wir mussten nur den Besitzer benachrichtigen, was und wie wir es im Sinne hätten.

Eislaufen

Die Kunsteisbahnen öffnen wieder im Oktober, auch die in Bellinzona. Weil ich mich nun stärker fühlte, wollte ich endlich wieder einmal nach langer Zeit Eislaufen und von der Kunsteisbahn profitieren. Endlich wollte ich mir diese Abwechslung leisten, wenigstens jeweils einmal pro Woche und abends zum Eislaufen zu gehen. Bruno wollte mich nicht gehen lassen, aber das liess ich mir nicht entgehen, dann musste Bruno eben auch Schlittschuhe kaufen und mitkommen. Da blieb Bruno für einmal nichts anderes übrig.

Wegen den Kindern konnten wir sicher für zwei Stunden aus dem Haus gehen. Denn kurze Zeit nachdem ich das Kinderzimmer verlassen hatte, war es still und noch gar nie erwachten die Kinder vor dem Morgen.

Also, damit es keine Probleme mit den Kindern gab, erklärte ich meinen Kindern: «Papi und Mami gehen für einen Moment zum Eislaufen. Falls Ihr erwacht, bevor wir wieder zuhause sind, könnt Ihr einfach Nonna (meine Mutti) anrufen. Dann telefoniert Nonna sofort mir, damit ich ganz schnell zu Euch nach Hause komme.»

Auf ein A4-Blatt klebte ich die fünf cm grossen Telefonzahlen von meiner Mutti. Damit durfte Marco lernen, die Zahlen in der genauen Reihenfolge einzustellen. Ich zeigte ihm, wie er einen Finger auf die Zahl legen solle und mit der anderen Hand dieselbe Nummer am Telefon zu drehen, und so eins nach dem andern. Bald konnte Marco selbständig mit Nonna telefonieren. Er durfte jedes Mal üben, wenn ich Mutti anrief. Somit konnten wir beruhigt fortgehen und wussten, dass die Kinder sich nicht verlassen fühlten.

Kamen wir nach dem Eislaufen nach Hause, so schaute ich schnell ins Kinderzimmer. Immer war alles in bester Ordnung.

Thermometer

Als ich wieder einmal auf dem Eisplatz war, erzählte mir jemand, dass das neunte Kind unterwegs sei. Ich fragte erstaunt: «Ja nehmen Sie denn kein Verhütungsmittel?»

«Nein wir sind katholisch und nehmen das Thermometer.»

Das war seine Antwort!

Nun erzählte ich ihm auch vom mir: «Auch ich versuche es mit dieser Methode. Hingegen komme ich gar nicht klar damit, denn zwischen der Periode geht die Temperatur nicht nur einmal hoch, sondern zwei bis dreimal. Das ist doch zum Verrücktwerden.»

«Ja, das kann gut sein, es kann hie und da mehrere Eisprünge geben. Bei meiner Frau gibt es zwischendurch auch zwei Eisprünge und deswegen ist sie jetzt wieder schwanger.»

Nun erschrak ich, dass es ohne weiteres möglich wäre nochmals schwanger zu werden. Entsetzt sagte ich: «Du meine Güte! Das könnte sein, dass ich jetzt nochmals schwanger bin, statt mich jetzt im Spital unterbinden zu lassen.»

Und so war es.

Mein Bauch schwoll übermässig an, aber das Eislaufen tat mir gut. Viele Leute meinten, wenn man hoch schwanger ist, darf man nicht mehr aufs Eis. Ich fühlte mich viel sicherer beim Eislaufen als auf verschneiter Strasse, wo es gefährlicher ist. Zudem war ich erst im Anfangsstadium und das Baby erwartete ich ja erst auf Mitte Sommer.

Leider hatte ich nur selten Gelegenheit, um alleine aus dem Haus zu gehen, umso mehr genoss ich diese Abwechslung auf dem Eis, wenn Bruno lieber zuhause blieb. Auch trotz meinem Bauch, der mich nicht mehr so richtig loszuziehen liess.

Wäsche im Winter

Wir wohnten am Rande von Giubiasco, in der Aussengemeinde von Bellinzona. Das Dorf war noch sehr rückständig, ja es hatte nicht einmal in jedem Hause fliessend Wasser. So entdeckte ich eines Morgens, wie zwei schwarz gekleidete Frauen mit Schürze und Kopftuch am Brunnen standen, der mit Schnee und Eis bedeckt war. Ich konnte meinen Augen nicht trauen, denn sie waren dort mit einem Eimer voll Wäsche und in diesem kalten Wasser seiften sie die Wäsche ein.

Später erzählte ich meiner Nachbarin, was ich gesehen hatte. Für sie war das ganz normal und sie erklärte mir: «Diese Frauen sind sich nicht anderes gewöhnt, auch finden sie, dass der Herrgott ihnen diesen Brunnen schenkte. Sie glauben, dass aus diesem Brunnen im Sommer kühles Quellwasser herauskommt und im Winter wäre es gewärmt.»

Ich aber hatte jeden Tag nebst einer Waschmaschine voll Windeln, noch eine andere dazu. Marco wartete immer bis nachts und nässte mir oft das ganze Bett, obwohl ich ihm beim Windelpack noch einen Mollton hineinschob.

Für mich war es viel zuviel, dieses grosse Haus und die beiden lebhaften Kinder in Ordnung zu halten und obendrein noch schwanger zu sein. Deswegen brauchte ich Hilfe und suchte eine Putzfrau. Sie kam zweimal pro Woche, um das Gröbste zu putzen. Sie war tüchtig und sehr schnell. Deswegen gab ich ihr 50 Rappen mehr pro Stunde, wofür sie sich enorm bedankte. Nebenbei erzählte sie mir, dass sie mit 18 Jahren heiratete und nun mit 56 Jahren bereits Urgrossmutter werde. Allerhand, das ging ja schnell!

Drittes Baby

Abends, wenn die Kinder schliefen, setzte ich mich gerne aufs Sofa und machte eine Handarbeit, dabei hörte ich Radio.

Drei grosse Bilder, die immer noch aufs Aufhängen warteten, hatten wir hinters Sofa gestellt. Auf einmal hörte ich, wie ein Bild so ein komisches Geräusch von sich gab. Als ich nachschaute sah ich, wie ein Skorpion probierte. das Bild hinaufzukrabbeln. Ich erschrak fürchterlich und schrie und hielt meine beiden Arme ganz fest mit den Händen.

Weil das Haus schon längere Zeit leerstand, fanden die Skorpione einen Winterunterschlupf. Zum Glück war Bruno in der Nähe und entfernte dieses Biest.

Wieder einmal abends, als ich die Kinder im Bett hatte, setzte ich mich aufs Sofa und häkelte etwas für die Kinder. Da plötzlich bewegten sich nicht nur meine Häklerei, sondern auch mein Bauch und wie. Dieses Kind war ja noch wilder als mein Marco. So wild kann nur ein Bub sein und der könnte Claudio heissen.

An einem Sonntagmorgen holte ich die selbstgemachte Konfitüre unten im Keller. Ich machte das Licht an und entdeckte im schmalen langen Gang etwas Schwarzes und als ich näher kam, war es ein ziemlich grosser Skorpion. Ich schrie und machte einen riesengrossen Luftsprung, dabei hielt ich mich an meinen Oberschenkeln. Nun hatte ich aber Angst um meinen Claudio, doch alles verlief ganz normal weiter. Später als das Baby da war, konnte ich auf seinem Oberarm ganz deutlich einen Skorpion entdecken. Ja und beim Wickeln entdeckte ich hinten am Oberschenkel ein weiteres Muttermal, einen ganz deutlichen Skorpion.

Mit meinem dicken Bauch konnte ich schon bald nicht mehr gehen und hatte noch zwei kleine lebhafte Kinder. Ich konnte nicht mehr auf meinen Beinen stehen. Mich fortzubewegen fiel mir schwer und ich stellte drei Stühle in der Küche hin, um mich von einem zum anderen Stuhl zu schleppen. Ich brauchte dringend eine Hilfe für die Kinder und den Haushalt, doch nirgends war jemand zu finden. Wir hatten überall gesucht, auch beim Roten Kreuz und in der Pfarrgemeinde. Leider war es aussichtslos.

Woche für Woche wurde es schlimmer für mich. Dazu wurden meine Depressionen noch grösser. Auf Unterstützung von Bruno konnte ich auf keinen Fall rechnen, im Gegenteil, er hatte dafür gar kein Verständnis. Zudem wollte ich nicht in das Spital Bellinzona, wo ich ja vom Labor her wusste, wie da gearbeitet wird. Bruno tröstete mich nur, indem er sagte: «Überall kommen Kinder zur Welt.»

Ich hatte fürchterliche Angst. Ja ich bekam sogar öfters Atemnot. Es war für mich die Hölle! Im Bett musste ich halb sitzend schlafen. So manche Nacht musste ich dies durchmachen. Öfters, wenn ich zu wenig Luft hatte, ging ich ins

Nebenzimmer, um am offenen Fenster frische Luft zu holen und immer mit dem Gedanken mir das Leben zu nehmen. Ich dachte: «Wenn ich einen Kopfsprung mache, als würde ich ins Wasser springen, dann ist es sicher vorbei. Aber meine beiden Kinder, die ich über alles liebe und für die ich viel Geduld und Zeit aufbringe, was passiert mit ihnen? Ich setze alles daran sie zu fördern und möchte ihnen ein möglichst gutes Vorbild sein. Auch versuche ich, dass sie auf keinen Fall etwas mitbekommen von den Schwierigkeiten zwischen Bruno und mir. Aber in meinem Zustand bin ich nur noch ein Wrack. Sicher müsste es jemanden geben, der besser für meine Kinder sorgen könnte. Aber was ist mit Mutti? Sie hat ja nur noch mich seit Papas Tod. Sie hat mich geboren und ich darf sie nicht alleine zurücklassen.»

Es kostete mich ganz viel Kraft, um nochmals Ja zum Leben zu sagen. Ich fühlte mich einfach total verlassen in meiner Ohnmacht.

Marco auf der Mauer

Mit dem dritten Kind hatte ich schon sehr früh einen überaus grossen Bauch, sodass das weiteste Umstandskleid mir noch sehr eng war.

Marco, der dreijährige Lausbub, kletterte auf die Mauer, wo es auf der anderen Seite eine Höhendifferenz von ca. drei Metern hatte. Die kleinere Schwester Rahel, die gerade zwei Jahre zählte, machte es ihm nach. Ich konnte mich kaum bewegen, weil der Bauch auf die Beinnerven drückte, und konnte nur laut schreien vor Angst: «Bitte Marco, das ist gefährlich, Rahel ist viel zu klein, wenn Ihr hinunterfallt, könntet ihr tot sein.»

Doch Marco, der Grosshans, hielt den Kopf auf die Seite und grinste mich nur an, und schon verschwand er auf der anderen Seite. Das Herz stand mir still!

Dann hörte ich ein Weinen. Dank sei Gott, dass Marco noch lebte! Rahel hatte aber verstanden und sie kroch ganz vorsichtig wieder rückwärts hinunter.

Gerne hatte ich Blumen auf dem Tisch, aber nun konnte ich mich überhaupt nicht mehr bücken. Also schickte ich Marco, um ein paar Wiesenblümchen im unteren Teil des Gartens zu holen. Nach kurzer Zeit kam er mit einem richtig künstlerischen Blumenarrangement von kleinen Wiesenblümchen und Blättern. Es freute mich so sehr, dass ich es in ein kleines Augenbad-Gläschen steckte, auf ein Buch stellte und es fotografierte. Wie ist es möglich, dass ein dreijähriges Kind eine so schöne Zusammenstellung machen kann?

An einem anderen Tag zeigte ich den beiden Kindern, wie man malen kann. Ich schenkte jedem ein Malbüchlein, mit dick vorgezeichneten Bildern. Damit man schön malen kann, hält man den linken Finger an den Rand der Zeichunung und kann dann gut bis zum Finger malen. Marco hatte es schnell kapiert und nahm sich alle Mühe, um sehr sorgfältig zu malen. Er nahm auch die richtigen Farben, so wie sie nebenan auf dem Muster abgebildet waren. Ich war erstaunt über seine Fähigkeit. Dieses Bild bewahrte ich gut auf für später.

Leider hatte Marco danach keine Geduld mehr für die folgenden Bilder und malte über das Vorgezeichnete hinaus.

Bruno der Macho

Bruno war ein totaler Macho, dazu hetzte er die Kinder noch gegen mich auf und betitelte mich mit fürchterlichen Wörtern. Wie kann ein Vater nur dermassen blöd den Kindern so ein schlechtes Vorbild sein? Wie primitiv muss ein Mensch sein, wenn er die Kinder gegen mich aufhetzt und dabei grinst, nur um mich zu ärgern? Dabei vergass er, was er den Kindern damit antat. Ich hingegen versuchte, mir nicht anmerken zu lassen, dass ich mich ärgerte. Im Gegenteil, ich zeigte den Kindern, dass sie ihren Vater ehren sollten. Anstatt mit Worten, lebte ich es ihnen einfach vor. War ich mit den Kindern alleine, sagte ich nur: «Bei mir wird es so gemacht. Fertig!»

Ich bereitete das Essen auf Brunos Ankunft zu. War es Zeit, so durften die Kinder hinterm Fenster auf ihren Vater warten. Sobald wir das Auto erblickten, durften die Kinder dem Papi entgegenspringen, um ihn freudig zu begrüssen. (Wäre es vielleicht besser gewesen, ich hätte den Vater komplett ignoriert? War dies mein Fehler?)

Schmeckte Bruno das Essen besonders gut, so ass er so schnell wie möglich und schöpfte nochmals einen riesengrossen Haufen, sodass nur noch wenig für die Kinder übrig blieb und für mich schon gar nichts. Jedes Mal machte ich Bruno darauf aufmerksam, aber für so etwas hatte er kein Musikgehör.

Komisches Haus im Torcett

Wir wohnten im Torcett an der Grenze von der Gemeinde, wo der Bach neben dem Grundstück hinunterfliesst. Auf der anderen Seite des Bachs stand ein komisch konstruiertes Flachdachhaus mit dementsprechend komischen Bewohnern.

Eines Tages sagte Bruno zu mir: «Das da drüben ist ein Puff. Die Geistlichen gehen dort immer auf Besuch.»

Ich war entsetzt, so etwas nur zu denken. Aber die Frauen waren wirklich unappetitlich gekleidet. Bruno sah dies sicher falsch. Geistliche sind doch von Gott berufen und haben einen anderen Gedankengang. Bruno lachte mich aus und versprach, mich zu rufen, wenn wieder der grosse schwarze Mercedes vorfahre.

Ein paar Tage später rief mir Bruno: «Komm, aber schnell.»

Sofort ging ich zu ihm hin und er zeigte mir den grossen schwarzen Mercedes mit Geistlichen und Schwestern darin. Tatsächlich fuhren sie über die Brücke und stiegen bei diesem Haus aus. Die Schwestern gingen nach unten, wo ich immer die Männer gesehen hatte und die Geistlichen gingen oben ins Haus hinein. Dies war ja höchst verwunderlich! Aber eigenartig, die armen Hunde heulten während der Zeit, wo der Mercedes dort stand. Da stimmte doch wirklich etwas nicht.

Ich musste meine frühere Nachbarin fragen. Sie war sehr seriös und gläubig. Ich erzählte ihr, was ich gesehen hatte und was mein Mann vermutete. Sie lachte und sagte: «Ja, Ihr Mann hat schon richtig gesehen, das ist tatsächlich so. Früher reisten die Geistlichen immer nach Mailand, um dort in die roten Laternen zu gehen. Aber seit diese geschlossen wurden, ist nun dieses Haus das Puff für Geistliche vom ganzem Tessin und italienisch Graubünden.»

Voll Überraschung blieb mir mein Mund offen. Nun war mir eine ganze Kerzenfabrik aufgegangen. Das war der Grund, warum ich mich oft bei der Predigt nicht konzentrieren konnte, weil der Geistliche auf der Kanzel nur selten predigt, was er fühlt. Das ist ja nur ein Blabla fürs Volk, aber selber denkt er etwas ganz anderes. Es gibt nur einzelne Geistliche, die vom Herzen heraus predigen. Und was ist mit dem sechsten Gebot, welches mir von den Geistlichen eingeflösst wurde, dass man keusch heiraten soll, und dann hat man den Himmel auf Erden?

Ich hingegen bekam dafür genau das Gegenteil und habe deswegen die Hölle auf Erden. Nun wollte ich erst recht nichts mehr anderes, als mir das Leben nehmen, wenn alles nur Lug und Betrug von der Kirche aus ist, und ich mir damit selber mein Leben schwer gemacht habe.

Bei Mutti und im Kinderheim

Ich konnte nicht mehr auf den Beinen stehen und mich kaum noch fortbewegen. Nun schaute Bruno, wo wir die Kinder unterbringen könnten. Für mich war es besser, bei meiner Mutter am Bodensee auf die Geburt zu warten, wo ich auch in ein gutes Spital gehen konnte. Endlich fanden wir ein Kinderheim im Appenzellerland, wo ich mit schwerem Herzen die Kinder abgeben musste. Dafür fiel mir ein grosser Stein vom Herzen, weil ich zum Gebären in ein gutes Spital konnte.

Für Mutti war es bereits genug, auf mich aufzupassen und zu kochen. Dort im Garten waren die roten und schwarzen Johannisbeeren reif. Mutti half mir, mich einfach mit einem Stuhl neben den Strauch zu setzen, um direkt davon die Beeren zu essen. Leider wurde ich dadurch noch runder. Schon vor Monaten war mir das weiteste Umstandskleid zu eng. Den ganzen Bauch hatte ich vorne hinaus, und dieser spannte mich fürchterlich und tat richtig weh. Ja, mein Bauch war wie ein Tisch, auf den man einen Frühstücksteller und Tasse mit Unterteller draufstellen könnte, hätte es mir nicht so scheusslich wehgetan.

Bereits waren es zwei Wochen über den Termin hinaus, und ich bekam nur so falsche Wehen, wie bei Marco drei Wochen vor der Geburt. Aber ich hatte das Gefühl zu zerplatzen und bekam von Zeit zu Zeit einen atemraubenden Druck, der 30 bis 45 Minuten anhielt, sodass ich den Spitalarzt anrief. Er meinte ich solle einfach mal ins Spital kommen. Aber ich konnte mich ja kaum bewegen und für Mutti war es zu schwer, mich in ein Taxi zu bringen. Bruno kam jedoch fürs Wochenende, aber erst gegen Abend. Deswegen meinte der Arzt, ich solle bis am Morgen warten und um zehn Uhr bei ihm sein, vorher aber nichts essen.

Claudio

Am anderen Morgen brachte mich Bruno wie vereinbart zum Arzt ins Spital. Die Schwester liess eine Frau nach der anderen eintreten, nur uns liessen sie warten. Da reklamierte Bruno schlussendlich. Aber die Schwester meinte, das wäre nicht so dringend.

Weil der Arzt verlangte, dass ich nüchtern kommen müsse, ich aber jeweils am Morgen fürchterlich Hunger hatte, packte ich mir ein sehr grosses Butterbrot und zwei Äpfel ein. Schon war es elf Uhr und ich fand es unverschämt, mich mit meinem Hunger stundenlang warten zu lassen. Ich holte mein Brot und voller Freude wollte ich hineinbeissen, da rief mich die Schwester. Endlich kam ich ins Untersuchungszimmer. Zuerst wurde meine Geburtsgeschichte studiert und festgestellt, dass man bei den letzten zwei Mal keine Zeit mehr hatte, mich weder zu wägen noch zu messen, weil das Baby sogleich kam. Dann warteten Bruno und ich wieder alleine. Mir wurde es zu dumm und ich holte das Butterbrot. In diesem Moment kam der Arzt.

Er untersuchte mich und schaute, ob das Geburtswasser reif war, dann ging er wieder hinaus. Bruno und ich waren wieder alleine. «Schnell Bruno, hole mir mein Butterbrot.»

Aber genau in diesem Moment kam der Arzt wieder zurück und sagte: «Das Geburtswasser ist ausgereift und ich werde nun die Blase aufstechen.»

Danach warteten wir gespannt, aber es tat sich nichts, es blieb völlig still. Nun stand der Arzt auf und sagte: «Da müssen wir bis morgen warten. Ich bestelle ein Zimmer für Sie.»

In diesem Moment kam ein Druck, und wie aus einem Feuerwehrhydranten schoss das Wasser hinaus und spritzte den Arzt von Kopf bis Fuss an, sodass er total durchnässt war und sich zuerst duschen und umziehen musste. Es wurde wieder still. Keinen Wank wollte Claudio machen.

Frisch geduscht und angezogen kam der Arzt wieder und bestellte ein Wartezimmer für mich im Spital. Zwei Schwestern kamen und legten mich in ein Bett, mit dem sie mich ins Zimmer davonschoben. Doch als nun das Bett durch den Gang rollte, wehrte sich Claudio und es ging los, aber wie wahnsinnig. Schnell ging es in umgekehrter Richtung wieder zurück in den Gebärsaal und Bruno half dabei.

Plötzlich gab es ein Rutsch und ich war erlöst, aber komplett kaputt und fertig. «Der Claudio ist da», hauchte ich. Es war 11:55 Uhr, am Donnerstag.

Ich war total erschöpft und konnte nicht einmal meinen Kopf bewegen. «Ein Mädchen», hörte ich von der Hebamme. Ach du meine Güte, ich habe Zwillinge und mir wurde das Mädchen auf den Bauch gelegt, wo es beinahe herunter fiel, weil ich zu schwach war, um mich überhaupt zu bewegen, auch konnte ich nicht einmal mehr sprechen. Glücklicherweise merkte es Bruno, und nahm das Mädchen in seine Arme.

Nun kam noch die Nachgeburt, wo ich nachhelfen sollte. Der Arzt bat mich, wenigsten zu Husten, aber die Kraft fehlte komplett. Ich konnte nur noch den Mund öffnen und zuschnappen, mehr Kraft konnte ich nicht mehr aufbringen.

Nun warnte mich der Arzt: «Wenn sie nicht helfen, muss ich die Nachgeburt hinausdrücken, was sehr schmerzhaft ist.»

Ich war so erledigt, dass ich beinahe ohnmächtig war und konnte nichts tun, ja gar nichts machen, nicht einmal mehr hauchen. So fertig war ich. Nun geschah es, dass der Arzt auf meinen Bauch kniete, aber da ich von den vorherigen Schmerzen so kaputt war, spürte ich nicht einmal mehr dieses.

Endlich hatte ich wieder meine Stimme, und ich fragte: «Wo ist Claudio? Ich hörte, es sei ein Mädchen, aber der Claudio der muss doch auch da sein.»

Wieder hörte ich: «Es ist ein Mädchen.»

«Ja, und der Claudio, wo ist er?»

Immer wieder hörte ich nur von einem Mädchen, aber ich wollte doch wissen, wo das andere Baby war, und erklärte: «Ich habe aber zwei Wolldecken gesehen, eine rosa und eine hellblaue Decke, welche bereitgelegt wurden.»

Nun lachten alle und sie erklärten mir: «Immer legt man eine rosa und eine hellblaue Decke bereit, weil wir nicht wissen, ob es ein Bub oder ein Mädchen ist. Sie Frau Müller haben nur ein Baby geboren und das ist ein Mädchen.»

Ich war so überzeugt, dass dieses Baby Claudio sein musste, so wie ich dies im Bauch spürte. Nun hatte ich eine Gabriella bekommen, die hoffentlich nicht so wild war wie Marco. Gabriella war ein riesiger Brummer und hatte einen sehr grossen Kopf, deshalb wog sie volle 3980 Gramm. Auch hatte ich deswegen so grosse Mühe, sie zu gebären.

Nun war es höchste Zeit, für die Unterbindung. Es soll einen Schnitt von fünf cm geben. Aber daraus wurden 15 cm. Immer ist etwas Spezielles bei mir, nie wie bei anderen Leuten.

Ich war bereits den zweiten Sonntag im Spital, da holte Bruno die Kinder im Kinderheim und meine Mutti, um mich zu besuchen und die kleine Gabriella zu sehen, die gesund und stark war. Marco und Rahel waren natürlich übermütig und rasten gerne im Spital herum, sodass wir uns bald wieder verabschieden mussten. Ich war sehr traurig, die beiden Kinder im Kinderheim zu lassen, aber es blieb mir nichts anderes übrig.

Wie immer musste ich für längere Zeit das Spitalbett hüten, aber dieses Mal durfte ich nicht einmal das Bett verlassen. Endlich kam der Tag, wo ich wieder zu meiner Mutti durfte zur Erholung.

Meine kleine Gabriella

Bei Mutti konnte ich mich endlich um das Baby Gabriella kümmern, auch wenn ich noch schwabbelig auf meinen Beinen war. Meine beiden anderen Kindern fehlten mir sehr, jedoch war es noch viel zu schwierig für mich, und auch für Mutti, allen drei Kindern gerecht zu werden. Mit Gabriella waren wir sehr beschäftigt, denn sie weinte öfters und ich versuchte zu verstehen, was sie stören könnte.

Am Sonntag war Bruno wieder da und wir besuchten unsere Kinder im Kinderheim und führten sie aus. Wir sechs waren glücklich, dass wir alle zusammen sein durften. Jedoch am Abend mussten Marco und Rahel zurück zum Nachtessen. Marco wollte auf keinen Fall mehr zurück und erzählte uns: «Da kann man nicht leben, da gibt es giftiges Essen. Ich gehe nie mehr dahin.»

«Schau, Mami kann noch nicht richtig gehen. Leider geht es nicht anders und wir wären sehr froh, euch jetzt schon wieder nach Hause zu nehmen. Aber es dauert ja nur noch ein paar Tage bis Mami wieder gehen kann.»

Ich sehe es noch heute, wie die beiden Kinder bitterlich weinten und Marco Rahel bei der Hand nahm und sie die Treppe hinaufstiegen. Mir drehte es das Herz im Leibe herum und ich konnte das Weinen nicht lassen bis zum folgenden Tag.

Zwei Wochen später konnten wir endlich unsere Kinder wieder holen und mit ihnen nach Hause ins Tessin reisen. Mutti kam auch mit, weil ich noch so schwach war. Sie setzte sich tüchtig ein, um uns zu helfen.

Nonna und ihre Enkel

Wieder zuhause im Tessin, waren Marco und Rahel voller Übermut. Wenn ich am Abend das Baby wickelte, steckte ich die beiden Grösseren in die Badewanne, wo sie sich fertig austoben konnten.

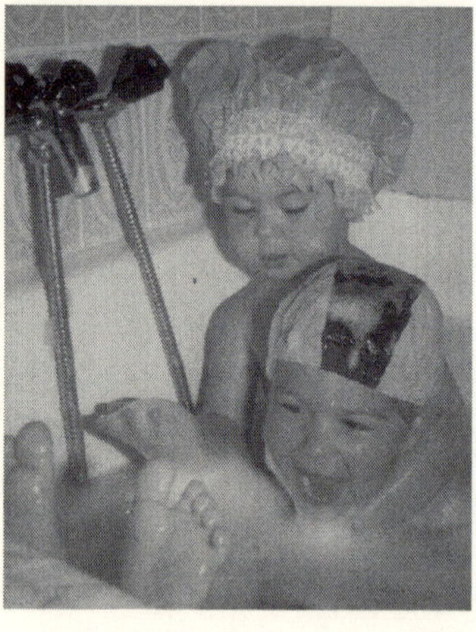

Weil Mutti auf Besuch war, um mir eine grosse Hilfe zu sein, wusch sie das Geschirr nach dem Abendessen ab. Als sie damit fertig war, kam sie herauf, um zu sehen, was sie mir noch helfen könnte. Aus dem Badezimmer hörte sie die übermütigen Kinderstimmen. Als sie die Türe öffnete, sah sie überall Wasser. Entsetzt kam sie zu mir ins Wickelzimmer und sagte sehr aufgeregt: «Die Kinder haben das ganze Badezimmer unter Wasser gesetzt.»

Ich beruhigte sie mit den Worten: «Lass die beiden im Wasser austoben und wenn sie im Bett sind, dann trockne ich das Badezimmer auf und gleichzeitig ist alles schon geputzt.»

Mutti aber war nicht einverstanden damit. Sie holte den grossen Bodenlappen um aufzutrocknen, bevor ein Sachschaden entstehen würde. Als alle drei Kinder im Bett waren, konnten wir uns endlich hinsetzen. Da erzählte mir Mutti, wie sie auf die Knie ging, um den Boden zu trocknen. Schon hatte der kleine Bengel Marco blitzschnell den tropfnassen Waschlappen über ihrem Kopf ausgedrückt. Ich musste einfach lachen, und glücklicherweise konnte auch Mutti darüber lachen.

Im Herbst stellten wir die Geranien in die Garage zum Überwintern. Mutti war auch voll beschäftigt mit meinen drei kleinen Trabanten. Für mich war es gut, denn so lebhafte Kinder sind schön anstrengend. Der dreieinhalbjährige Marco merkte schnell, wie er die alte Dame in die Sätze bringen konnte. Er schaute auf Nonnas Reaktion und zupfte an den Geranien. Mutti erklärte dem Lausbuben: «Aber Marco, das darfst du nicht, da schimpft Mami.»

Schon lagen die Blumen am Boden.

Klar wusste Marco das wohl, aber dann entdeckte er eine Eisenstange, mit dieser konnte er am besten seiner kleinen Schwester Angst einflössen und schon schrie die kleine Rahel. Das war für Mutti viel zu viel und sie fing auch an zu schreien und zu schimpfen.

Mit Marco und Rahel machte Mutti einen

Ausflug an den Lago Maggiore. Per Schiff fuhren sie zum Markt. Das gefiel den beiden und sie waren zufrieden mit ihrer Nonna. Nur auf dem Heimweg machten sie es Mutti wieder schwer, sodass sie geschafft nach Hause kam.

Skifahren mit Kindern

Als die Eisbahn aufging, kaufte ich Rutscherli für die Kinder und schleppte die beiden kleinen Zwerge mit aufs Eis. Rahel konnte gerade mal gehen, aber mit den Rutscherli musste ich sie nicht tragen, denn von meinen Geburten und der Operation her hatte ich immer noch keine Kraft. Frische Luft und Bewegung war für uns alle viel wichtiger.

Gabriella nahm ich im Kinderwagen mit und stellte diesen neben das Eisfeld. So konnte ich alle drei Kinder beaufsichtigen und ich hatte auch etwas Abwechslung mit Eislaufen.

Am Sonntag fuhren wir mit der ganzen Familie in die Schneeberge. Marco, der beinahe vier Jahre alt war, bekam auf Weihnachten kleine Ski. Mit Papa durfte er sogar auf den Skilift.

Die zweieinhalbjährige Rahel, durfte zum ersten Mal die Fassdauben mit zwei Skistöcken ausprobieren.

Gabriella, halbjährig, durfte aufsitzen im Kinderwagen-Körbchen, welches wir auf einen Schlitten geschnallt hatten. So konnte auch sie etwas von dem ganzen Treiben mitbekommen.

Wir erregten grosses Aufsehen mit unseren drei kleinen Kindern: Erstens trugen wir fünf alle den gleichen Island-Pullover, welche ich damals in Island zu stricken gelernt hatte.

Zweitens war unsere kleine Rahel so stolz mit ihren Fassdauben. Sie posierte wie ein Star und lächelte alle Leute verschmitzt an, sodass jeder der vorbeikam sagte: «Schau einmal die kleine Bohne an, wie süss sie ist.»

Ach, wie tat dies der kleinen Rahel gut und umso mehr schaute sie so drein, dass jedermann sie sehen musste.

Drittens trug sogar das Baby Gabriella schon einen isländischen Pullover, welcher von den Vorbeikommenden speziell bewundert wurde. Unsere Kleine schaute mit Staunen dem Schneetreiben zu.

Hingegen war ich froh, abends wieder in der warmen Stube zu sitzen und war sehr, sehr müde von dem Tagesstress.

Über den Monte Ceneri

Bruno war ein richtiger Sadist und nur glücklich, wenn ich weinte. Einmal als er mich so schlug, dass ich an den Heizkörper flog, kam Marco verwundert die Treppe hinunter. Durch diesen Klang des Heizkörpers, welchen er in seinem Zimmer hörte, wurde er aufmerksam. Als er mich am Boden sah und Papi auf mich einschlug, lief er auf mich zu, umarmte mich und rief: «Mami, Mami, Papi nicht!»

Nun wurde Bruno stutzig. Nie hätte er gedacht, dass sein Sohn nicht zu ihm steht.

Mit den Kindern fuhr ich nach Lugano. Auf dem Heimweg über den Monte Ceneri kam ich in die Nähe der grossen Kurve, wo vor kurzer Zeit, ein Lastwagen zu schnell in die Kurve fuhr und die Leitplanke mitriss, dann in der Kurve hinaus in die Tiefe über die ca. 100 m hohe Felswand hinunterflog.

Nun hätte ich eine gute Gelegenheit, und dazu gleichzeitig auch meine drei Kinder mit in den Tod zu nehmen. So wären die Kinder mit mir versorgt. Statt abzubremsen, drückte ich aufs Gas.

Blitzartig kam der Gedanke, Mutti!!! Ihr darf ich dies nicht antun. Sogleich bremste ich stark und riss pfeifend das Auto um die Kurve. Ach, wo kann ich nur mir Kraft zum Weiterleben holen? Wie komme ich nur aus diesem dunklen Höllenloch heraus?

Langsam wurde mir bewusst, was der Traum bedeutete, den ich schon anfangs meiner Ehe dreimal hintereinander träumte. Ich war in einem scheusslichen dunklen Loch. Von da aus führte ein Rohr hinauf, welches mit einem Knick, wie ein Hockey-Stock, geformt war. Das Rohr war gerade so dick, dass ich hineinschlüpfen konnte und mich durch den Knick hinaufzwängte. Vom Knick aus konnte ich senkrecht stehen und von dort aus einen Sprung nach oben machen. Mit den Fingerspitzen konnte ich mich etwas halten und mit der anderen Hand den Deckel öffnen, wo ich sah, wie die Sonne auf die Strasse schien. Sogleich fiel ich wieder hinunter ins schwarze, dunkle Loch und dadurch erwachte ich zum «Glück». Dieser Traum bedeutete genau meine so höllische Ehe.

Mit Mutti am Bodensee

An Ostern besuchten wir Mutti. Die Sonne schien und lockte uns an den See hinunter. Wir spazierten mit den Kindern an der Seepromenade dem Ufer entlang. Gabriella im Kinderwagen und Rahel durfte vorne draufsitzen. Marco hüpfte am Rand des Seeufers, wo eine schräge Mauer direkt zum Wasser hinunter verlief, und dies ohne jegliche Abgrenzung. Ich konnte gut begreifen, dass Marco möglichst nah beim Wasser sein wollte, aber Mutti hatte Angst und sagte: «Du darfst nicht so weit hinaus gehen, sonst fällst du hinein.»

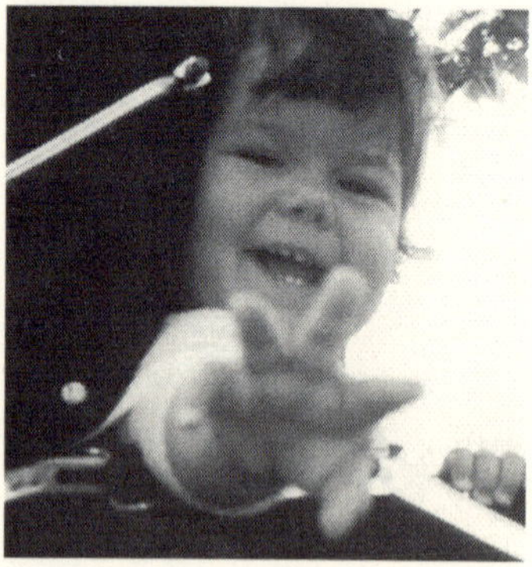

Natürlich war dies für den kleinen Lausbuben gerade eine Provokation. Er wollte nun seiner Grossmutter zeigen, wie weit er an den Rand hinaus gehen konnte. Mutti wurde nun sehr nervös und fing an zu schimpfen. Doch damit reizte sie Marco nur noch mehr.

Mir wurde natürlich auch bang und ich rief Marco zu: «Geh nur noch weiter hinaus, damit du ins eiskalte Wasser fällst und wir dich auslachen können.»

Das hat dann doch geholfen und zum Glück entfernte sich der kleine Schlingel etwas mehr vom See.

Ein anderes Mal überquerten wir den See mit der Autofähre von Romanshorn nach Friedrichshafen. Für die Kinder war es etwas ganz Neues. Marco und Rahel zeigte ich die Fähre und wir gingen ganz hinauf und zum Bug. Aber da kam ein Gewitter auf. Ich erzählte den Kindern, dass mein Papa, der Nonno sich sehr gerne vors Haus setzte und dem entgegenkommenden Gewitter zuschaute. So genossen wir auch die nahekommenden, wuchtigen Wolken, wovon Zeit zu Zeit der Blitz herausschnellte und hintendrein der krachende Donner schallte. Dann kam aber der Platzregen und wir rannten in Deckung und hinunter ins Restaurant.

Dort sass Nonna mit Gabriella im Arm. Den beiden war es vom starken Schaukeln übel geworden. Gabriella hatte sich übergeben und verschmutzte Nonnas Kleid. Mutti war trotzdem glücklich, das Baby im Arm zu halten. Sie erzählte uns: «Plötzlich rutschten die Tische herum, das Geschirr fiel zu Boden und Gabriella merkte es auch und fing an zu weinen. Klar nahm ich sie schnell in den Arm, und schon kam alles bei ihr hoch.»

Bis wir in Friedrichshafen ankamen war das Gewitter wieder vorüber und der See war auch ruhiger geworden. Bei Sonnenschein konnten wir wieder weiterfahren.

Gabriella mein Herzkäfer

Als Gabriella noch sehr klein war und ihre ersten Schritte probierte, war es so lustig. Sie hob das Bein möglichst hoch hinauf, als müsste sie über etwas hinüber steigen. Die Bewegung sah so ähnlich aus, wie bei einem davonschreitenden Dromedar.

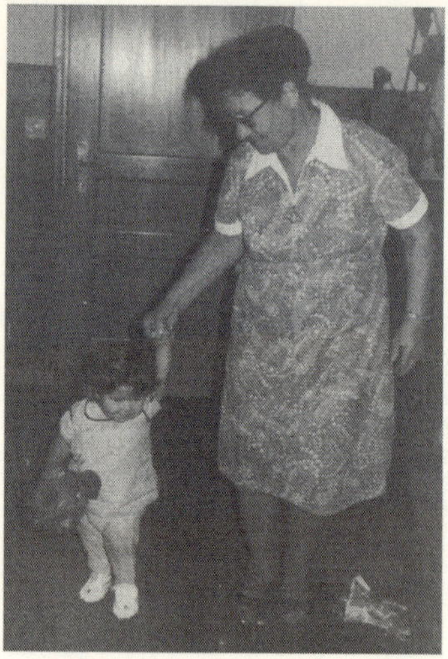

Als sie besser gehen konnte, machten wir einen Spaziergang im Wald. Bruno hielt sie auf der einen und ich auf der anderen Seite. Aber sah Gabriella am Boden einen etwas grösseren Stein oder Ähnliches, machte sie sofort Seitenschritte, um ringsherum zu gehen. Sie war immer sehr, sehr vorsichtig mit allem. Natürlich hing sie dementsprechend an meinem Schürzenzipfel.

Marco, der Lausbub, machte sich einen Spass daraus und probierte seiner kleinen Schwester Angst einzujagen. Da blieb der kleinen Gabriella nichts anderes übrig als zu schreien wie am Spiess. Klar, umso mehr machte es Marco Spass. Aber ich musste doch die kleine Gabriella behüten und ihr Schutz geben, damit sie sich nicht zu fürchten brauchte, und ihr möglichst gut beizubringen, dass Marco nur mit ihr spielen wollte. Andererseits war es sehr schwer für mich, Marco beizubringen, dass er die kleine Schwester behüten solle und er derjenige sein müsse, der auf sie aufpasse und sie beschütze.

Mit dieser Situation fühlte ich, als würde Gabriella an meinem Herzen krabbeln, so wie ein hübscher Käfer, deswegen nannte ich sie Chäferli.

Meine drei Kinder

Ich freute mich, wenn meine Kinder die Welt entdecken wollten, aber dies bedeutet viel Arbeit, um sie vor Gefahren zu schützen. Marco und Rahel, diese zwei lebhaften Kinder, kamen ständig auf irgendeinen ausgefallenen Gedanken, was unter Umständen sehr gefährlich sein könnte.

Als Marco noch ein Baby war, trug ich ihn auf meinem Arm. Als ich schnell zum Herd musste, um eine Pfanne wegzustellen, streckte Marco sein Händchen nach der heissen Herdplatte aus. Ich machte mit dem Kopf hin und her und sagte: «Nein, heiss!» Ich zeigte ihm, wie ich nur bis zur Nähe der Platte griff und schnell zurückzog mit dem Wort: «Heiss!» Marco wollte es ausprobieren und ich liess ihn machen, hielt ihn aber am Ärmel, um ihn rechtzeitig zurückzuziehen. Marco näherte sein Händchen sehr langsam und zog es selber zurück, als er die hochsteigende Wärme spürte. Da hatte er schon seine erste Erfahrung gemacht ohne sich weh zu tun.

So war es die ganze Zeit. Ich wollte meine Kinder vor dem Gefährlichem warnen und hinter ihnen stehen zum Aufpassen, damit sie selber ihre Erfahrungen machen konnten. Trotzdem konnte ich Marco nicht vor allem bewahren, denn er wollte immer mit dem Kopf durch die Wand.

Meine drei Kinder gaben mir viel Arbeit, besonders Marco, der tagsüber sehr beschäftigt war und sogar das Urinieren auf die Nacht aufsparte.

Zum Glück gab es damals das Neuste, ganz dünne Papiereinlagen, damit die Gazen-Windeln nicht allzu schmutzig wurden. Trotzdem gab es jeden Tag eine ganze Waschmaschine voll Windeln.

Zum Einkaufen musste ich meine drei Kinder mitnehmen. Gabriella, das Baby, wickeln und in den Kinderwagen verpacken, während die andern beiden Schabernack trieben, und dann auch sie noch anziehen, bis ich endlich zur Tür hinaus kam. Dazu war ich immer noch ziemlich geschwächt von der Geburt, und psychisch am Boden. Der ganze Haushalt gab viel Arbeit. Dazu arbeitete ich noch am Wochenende im Ferienhaus. Trotz meinen drei lieben Kindern hatte ich einfach keine Lust mehr zum Leben.

Das Ferienhaus im Bau

Am Wochenende sassen wir am Tisch auf der Terrasse, wo immer noch eine provisorische Abschrankung war. Marco schaukelte mit dem Stuhl. Ich erklärte ihm, wie gefährlich es ist, denn er könnte rückwärts hinfallen und so den Kopf anschlagen. Weil Bruno am Tisch sass, provozierte er, und noch währenddem ich sprach, probiert Marco, wie weit es nach hinten geht und schon geschah es. Marco schleuderte es noch weiter nach hinten und über die Terrasse hinaus hinunter, fast ein Stockwerk tief, wo unten Bahnschwellen mit grossen Schrauben lagen.

Mir wurde es so übel, weil Marco sicher tot sein würde und ich konnte mich nicht mehr bewegen. «Gott sei Dank!» Bruno holte Marco herauf und er war sogar heil. Nur ich war wie gelähmt und brauchte noch einen ganzen Tag, um mich von diesem Schrecken zu erholen.

Veränderung

Bruno wollte sich verändern, und nahm eine Stelle für Elektro-Schaltanlagen an. Zur Einführung musste er nach Zürich reisen. Danach konnte er eine Filiale in Gossau übernehmen.

Ohne mich zu fragen, suchte er für meine Mutti eine 2,5-Zimmer-Wohnung am See. Mutti erklärte er, das Haus mit so viel Garten wäre viel zu anstrengend für sie und da sie ja gerne am See wohnen würde, hätte er eine günstige Wohnung gefunden. Wir mit unseren drei Kindern könnten dann ins Haus einziehen, welches sowieso zu gross für Mutti sei.

Hingegen fühlte sich Mutti sehr wohl im Haus, welches Papa und sie erworben hatten und wo sie sich in jeder Ecke noch mit Papa verbunden fühlte. Bruno konnte sie trotzdem überzeugen, weil wir dann in der Nähe wohnen würden und Mutti ihre Enkel jederzeit sehen könnte.

Ich meinerseits, wurde einfach danach vor die Tatsachen gestellt. Ich fühlte mich ja viel wohler im Tessin und wollte sicher nicht nach Goldach. Dazu musste ich wieder alles einpacken für einen weiteren Umzug. Auch hatte ich nun drei Kinder zum Versorgen und zum Einpacken ihre Sachen noch dazu. Alles war mir einfach zu viel und ich fühlte mich übergangen und ewig überfordert. Ach, wie traurig!

Marco im Kindergarten

Endlich kann Marco in den Kindergarten. Von neun Uhr morgens bis vier Uhr nachmittags blieben die Kinder dort. Jedes Kind brauchte ein Stoffsäcklein, das man waschen konnte. Das war dazu bestimmt, die Hausschuhe, ein Frottee- und ein Leintuch, mit Namen deklariert, hinein zu tun. Nach dem Essen machten die Kinder eine Siesta auf den Pritschen. Deswegen musste ich ein Leintuch zuschneidern und nach genauer Grösse anfertigen. An die vier Ecken musste ich eine Gummi-Öse annähen, damit man das Leintuch bei der Pritsche einhängen konnte.

Marco hatte zwei Freunde, Andrea und Nicola. Andrea war der Nachbarsohn, als wir in der Pedevilla wohnten, und nun ging Marco zusammen mit ihm in den Kindergarten. Unzertrennlich waren Marco und Nicola, dieser mit ziemlich langem Lockenhaar. Eines Tages, als ich mit Rahel und Gabriella im Kinderwagen Marco abholte, machten wir uns zusammen mit Nicola und seiner Mutter auf den Heimweg. Mitten im Gespräch erwähnte ich: «Nicola ist Marcos beste Freundin.»

Da erwiderte Nicolas Mutter: «Freund!»

Ich stutze und sagte nochmals: «Ja, Marcos Freundin.»

Wieder korrigierte sie mich: «Freund!»

«Ja, Nicola ist doch ein Mädchenname, und sie hat doch so schöne lange Haare.»

Da wurde ich aufgeklärt und Nicolas Mutter sagte: «Auf Italienisch sind Nicola und Andrea Knabennamen, und wenn Sie es nicht glauben, dass Nicola ein Bub ist, können Sie sich gleich dort drüben selbst überzeugen.»

Dort standen die beiden und probierten übers Kreuz in den Bach hinunter zu pinkeln. Alles klar!

Umzug 10 nach Goldach

Nun war es soweit. Bruno übernahm die Filiale in Gossau, wo er zweiter Filialleiter wurde.

Das Einpacken machte mir nun noch mehr Mühe, hatte sich unser Haushalt doch enorm vergrössert. Alles zusammen mit den drei kleinen Kindern und dazu noch die psychische Belastung. Ich durfte mich nur noch langsam bewegen, sonst wurde es mir schwindlig. Am Schluss half mir Bruno doch noch. Endlich waren wir soweit, dass wir den Zügelwagen bestellen konnten, der unsere Sachen über die Berge zum

Bodensee mitnahm. Wir packten unsere Kinder ein, und nun ging es nach Goldach. Ich war sehr, sehr traurig. Noch nie tat mir das Abschiednehmen so weh.

Nachbarn und Kinder

Eine Familie, welche auch drei Kinder fast im gleichen Alter wie meine drei hatte, wohnte ein paar Häuser weiter unten an derselben Strasse. Unser Garten war sehr gross, rings ums Haus herum und den Hang hinauf. Deshalb kam die Frau mit ihren drei Kindern immer zu mir. Ich servierte jeweils für uns Frauen einen Espresso und für die Kinder einen Sirup, dazu stellte ich Biskuits hin. Bei schönem Wetter konnten wir zwei Frauen im Garten sitzen und dabei die Kinder immer im Auge behalten. Auch hatten wir einen kleinen Teich, wo die Kinder baden konnten und sich so richtig austoben.

Oben am Hang standen ein paar Tannen, wo ein Specht jedes Jahr auf Besuch kam. Dort oben durften die Kinder eine Baumhütte bauen. Ich gab ihnen Holzlatten, Nägel und Hammer. Auch gab ich ihnen einen grossen Plastik, um das Dach und den Boden gegen den Regen zu schützen. So waren vor allem die Buben gut damit beschäftigt.

Neben dem Haus hatten wir zum Wäsche aufhängen zwei Stangen mit Haken, um das Wäscheseil von der einen zur anderen Stange zu spannen. Für die Kinder hängten wir eine Schaukel daran, was vor allem den Mädchen Spass machte. Auch hängten wir einen Auto-Pneu für die kleine Gabriella auf, die sich bäuchlings hin- und herschaukeln liess.

Bein schönem Wetter füllte ich den Teich wieder mit sauberem und zusätzlich etwas heissem Wasser, damit die Kinder baden und sich austoben durften, währendem ich im Garten arbeitete und auf meine Kinder aufpasste.

Damals hatte mein Papa verschiedene Gemüse, Sträucher und Bäume gepflanzt. Vor allem pflegte er Beerensträucher zu pflanzen, wie Himbeeren, Brombeeren, Johannisbeeren, Stachelbeeren und Cassisbeeren, aber auch drei Beete mit Erdbeeren. Mutti hatte dies so gut sie konnte weiter gepflegt, und nun konnten wir davon profitieren.

Natürlich setzte ich dies fort, damit wir jeden Tag ein anderes Gemüse auf den Tisch hatten. Am Hang standen verschiedene Obstbäume. Dazu musste ich auch regelmässig den Rasen mähen. Draussen, wie auch im Haus, gab es immer sehr viel Arbeit.

Fernsehen bei Mutti

Wir wollten keinen Fernseher wegen den Kindern. Hingegen wohnte Mutti in der Nähe mit einem Fernseher. Da hatten wir Gelegenheit, uns einen Film bei ihr anzusehen, falls wir Lust dazu hatten.

Ich kaufte jeweils das Fernsehprogramm, um Märchenfilme für die Kinder auszuwählen, die wir dann bei der Nonna anschauen konnten. Die Kinder waren ja bei ihr immer speziell willkommen.

Einmal, als die Kinder im Bett waren, machten Bruno und ich noch einen Besuch bei Mutti. Sie schaute sich gerade eine Fernseh-Serie an, welche Mutti sich nicht gerne entgehen liess. So war es für uns auch eine Abwechslung und gleichzeitig leisteten wir Mutti Gesellschaft.

Die Woche darauf kam Bruno nicht nach Hause. Deswegen ging ich alleine zur Mutti, um mir die nächste Folge anzusehen. Die folgende Woche darauf, wollte ich wieder die Fortsetzung ansehen, aber Bruno hatte keine Lust, mich zu begleiten, und mich alleine fortgehen zu lassen, kam für ihn gar nicht in Frage. Ich war wirklich wütend, trotz allem brachte es Bruno fertig, mich nicht aus dem Hause gehen zu lassen.

Als ich Mutti am anderen Tag erzählte, warum ich nicht gekommen sei, war sogar sie diesmal empört, wo sie sonst doch immer Bruno half.

Er war ja so fürchterlich eifersüchtig. Ja, letzthin begrüsste uns ein Herr auf der Strasse. Danach schimpfte Bruno mit mir, weil er diesen Herrn nicht kannte. Er wollte genau wissen, von wo und weswegen etc., ich diesen Mann kenne. Daraufhin sagte er mir vorwurfsvoll und auf solch eine blöde Art: «Es ist höchst unangenehm, wenn Leute dich grüssen und ich sie nicht einmal kenne. Auf diese Art werde ich mich mit dir überhaupt nicht mehr zeigen.»

Marco der Lausbube

Hier in Goldach konnte Marco für ein weiteres Jahr in den Kindergarten gehen. Die Kindergärtnerin war eine sehr nette, das bestätigte auch Marco. Ich erkundigte mich bei ihr, was Marco so mache.

«Marco hat lauter Schabernack im Kopf, sonst ist er ein ganz lieber Bub. Ja, normalerweise kommen die Kinder am Morgen und holen immer zuerst dasselbe Spielzeug. Die Mädchen ihre Lieblingspuppe und die Buben immer dasselbe Auto, oder mit den Holzbausteinen bauen sie immer denselben Turm. Nur Marco habe ich noch nie gesehen, dass er zweimal dasselbe gebaut hatte.»

Zufrieden verabschiedete ich mich. Nun dachte ich, es könnte vielleicht daher kommen, weil ich ständig versuchte, Marco bereits als Baby zu beschäftigen und zeigte ihm immer wieder etwas Neues. Als er grösser war, zeigte ich ihm, wie das Spielzeug funktionierte und liess ihn möglichst schnell damit alleine spielen.

Bruno und Marco

Marco war wirklich immer mit etwas sehr beschäftigt. Ja, er hatte kaum Zeit, um auf die Toilette zu gehen. So rannte er, sperrte die Türe auf und liess bereits laufen. Der Boden und alles wurde nass. Nun wies ich Marco zurecht und erklärte ihm: «In Zukunft gehst du viel früher auf die Toilette und nun holst du den Lappen und putzt auf.»

Bruno war zu Hause und hörte es. Sofort kam er und befahl mir: «Du Sauweib, du bist diejenige die aufzuputzen hat, und nicht dass du die Kinder für deine Arbeit einspannst. Du bist ja zu faul für alles. Du bist noch fauler als Dreck, dich kann man ja zu gar nichts gebrauchen, nicht einmal fürs Bett.»

Aber nun wehrte ich mich und schimpfte mit ihm: «Schämst du dich nicht, in Anwesenheit vom Kind so primitiv zu reden. Die Kinder müssen lernen sich anständig zu benehmen, und nicht so, wie du dich aufführst, so wie ein Prolet.»

Dementsprechend kam ein Prasselregen von Schlötterligen. Ich ging in mein Zimmer und vor Wut schlug ich einmal so richtig die Türe zu, und dann musste auch einmal ein Kraftwort hinauslassen und sagte laut: «Arschloch!»

Es war noch nicht solange her, rief mich Bruno zu sich und irgendwie wollte er, dass ich auf die Knie gehe, die Zunge herausstrecke und damit den Boden putzen solle. Ich wies ihn auf sein perverses Verhalten hin und sagte einmal so richtig, was ich von ihm halte.

Danach hatte ich so eine Wut in mir. Nun dachte ich, wenn ich es fertigbringen würde, würde ich hinaus auf die Strasse stehen und mit dem erstbesten Mann der mir begegnen würde ins Bett huschen. Bestimmt würde ich besser zurechtkommen mit irgendeinem Anderen. Nur bin ich leider zu so einer Tat gar nicht fähig.

Herbstferien in Paudo

Die Herbstferien sind am schönsten im Tessin. Auf unserem Land stehen diverse Edelkastanienbäume. So konnten wir ein paar Mal unsere eigene Castagnata machen. Im Cheminée rösteten wir die Kastanien, dazu gab es Apfelsaft für die Kinder und für uns ein Boccalino Rotwein.

Am Wochenende kam Brunos Bruder mit Familie zu uns nach Paudo auf Besuch. Klar waren die Kinder übermütig zusammen mit ihren Cousins. Wir zeigten das Haus und danach den ganzen Umschwung. Als wir dann das Fussweglein hinuntergingen, welches noch zu unserem Land gehörte, rannten die Kinder wie die Wilden rauf und runter. Weil es Herbst war und nasse Blätter auf den Steinplatten lagen, warnte ich die Kinder: «Halt, halt! Nicht so schnell. Schaut da liegen nasse Blätter am Boden, auf denen ist es rutschig und da könnte man ganz böse hinfallen und eventuell sogar einen Knochen brechen.»

Doch dann wollte Marco erst recht seinen Cousins zeigen, wie er springen konnte, und schon war es passiert. Zum Glück fiel Marco nur aufs Gesäss, aber er hatte eine grössere Quetschwunde am Oberschenkel. Dummerweise war es Sonntag, wo mein Chef Dr. Serena nicht arbeitete. Ins Spital wollte ich auf keinen Fall, denn in diesem Fall konnte ich Marco besser versorgen. Natürlich konnte ich die Quetschränder nicht abschneiden, aber fachgerecht desinfizieren und einen zünftigen Druckverband machen. Klar gab es damit eine sichtbare Narbe, aber er war ja ein Bub. Auf jeden Fall heilte die Wunde sehr schön.

Die Ferien gingen zu Ende und wir traten den Heimweg an. Ich war am Steuer und Bruno setzte sich neben mich. Bereits konnte man durch den kürzlich eröffneten San Bernardino Tunnel fahren, aber es war immer noch eine Baustelle und man musste aufpassen auf welcher Fahrbahn man fahren konnte. Bruno schimpfte plötzlich und befahl mir, in die andere Bahn zu fahren. Ich hatte aber deutlich gesehen, dass ich in dieser Fahrbahn fahren musste, doch Bruno liess mir keine Ruhe und hängte mir allerhand Schlötterlige an, damit ich endlich so fahre wie er es sagte. Also gab ich nach, damit er zu schimpfen aufhörte, und schon kam das Ergebnis! Wir wurden von der Polizei gestoppt, die meinen Führerausweis verlangte. Bruno musste mit meinen Führerausweis auf den Posten und kam lachend zurück, mit einem Vermerk in meinem Ausweis. Darüber freute er sich unheimlich und lachte noch lange darüber. So gemein!

Rahel bei Nonna

Manchmal besuchte ich Mutti mit meinen drei Kindern, oder wir holten sie für einen Spaziergang dem See entlang. Oft fuhren wir mit Nonna in die Höhe, wo die Sonne schien und man aufs Nebelmeer hinunter blicken konnte, bis weit über den See hinaus zu den Bergen in Österreich und Lichtenstein. Wollte ich Diverses einkaufen in Rorschach, so liess ich die Kinder manchmal bei meiner Mutti, die sie mit grosser Freude in Empfang nahm. Einmal, als ich zurückkehrte von meinem Einkauf, zeigte Mutti mir Marcos neusten Streich. Er hatte einen Grashupfer gefunden, den er in der Kaffeemaschine kochen wollte. Das Tier kletterte auf den Deckel und liess sein Sekret aus. Als Mutti dies entdeckte wurde die Kaffeemaschine gründlich gereinigt. Aber nichts zu machen, das Sekret war so intensiv, dass die Flecken nicht mehr herausgingen.

Nun war es Zeit um nach Hause zu gehen, um das Nachtessen für meine Familie zuzubereiten. Rahel hingegen wollte noch den Trickfilm angucken, den Nonna für sie ausgelesen hatte. Also durfte Rahel bei Nonna bleiben, und später mit dem Bus nach Hause fahren. Ich gab ihr das Busgeld und sagte ihr: «Nonna kann dich zum Bus begleiten und ich hole dich in Goldach ab. Du weisst ja, wo du aussteigen musst.»

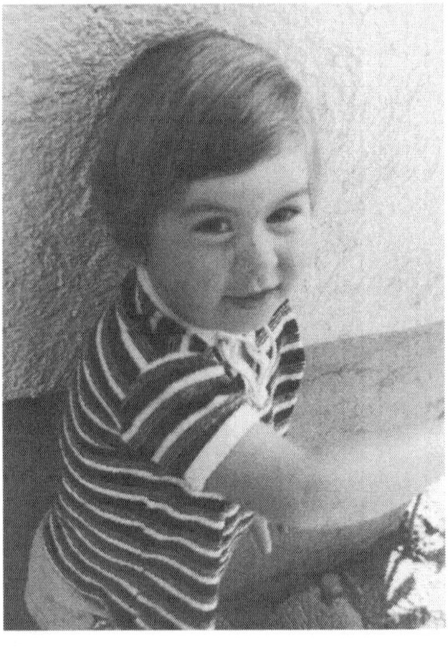

Dann verabschiedete ich mich, und mit den anderen beiden Kindern fuhr ich nach Hause.

Das Nachtessen war bereit, als Mutti telefonierte, dass Rahel nun unterwegs sei. Ich ging schnell alleine zur nahgelegenen Bushaltstelle, wo bald der Bus kam. Aber Rahel stieg nicht aus und war auch nicht im Bus. Ich rannte nach Hause und telefonierte Mutti, dass das Kind nicht im Bus war.

Hingegen versicherte mir Mutti, ihr noch zugewinkt zu haben. Aber vielleicht fuhr ein zweiter Bus, wo Rahel drinnen sitzen würde.

Also rannte ich nochmals zuversichtlich zur Haltestelle hinunter. Da konnte ich Rahel erblicken, die vom Dorf heraufgelaufen kam und ich rannte ihr glücklich entgegen. Sie war voll begeistert und erzählte mir: «Weisst Mami, ich bin wieder ausgestiegen. Ich wollte lieber zu Fuss gehen und das Geld sparen fürs Kässeli.»

Ich war total erstaunt und sagte: «Aber das ist doch ein weiter Weg und da musst du ja den ganzen Weg gerannt sein, wenn du in dieser kurzen Zeit schon hier bist.»

«Habe ich gemacht», sagte sie so überlegen und sie war äusserst stolz darüber. Ich natürlich auch, aber noch mehr froh, dass ihr nichts zugestossen war. Zusammen stolzierten wir nun nach Hause. Rahel durfte Nonna anrufen und ihre diese Geschichte erzählen.

Hörspiel und Bruno

War ich am Abend mit meinen Hausarbeiten fertig, so setzte ich mich gerne hin, um Handarbeiten zur Entspannung zu machen. Einmal häkelte ich für Rahel einen türkisfarbigen Bikini, mit diesem stolzierte sie gerne herum, wenn wir zum Baden gingen.

Auch strickte ich alle Kniestrümpfe für die Kinder, damit ich diese gut mit Maschenstich flicken konnte. Die selbstgestrickten Pullover hielten auch länger. Zudem konnten meine drei Kinder, eines nach dem anderen den Pullover tragen. Es machte mir Freude, für meine drei Kinder eine gute Mutter zu sein. Auch probierte ich möglichst, dass die Kinder nichts mitbekamen von Vaters Verhalten mir gegenüber. Ich probierte den Kindern Bruno als wirklichen Vater darzustellen. Das ist auch der Grund, warum er eine gute Beziehung zu seinen Kindern bekam.

Meinerseits musste ich die ganze Zeit darunter leiden, denn im Gegensatz stellte er mich als blöde, dumm und nichtsnutzig hin. Immer hatte ich die Tränen zuvorderst. Aber was sollte ich tut? Ich hatte immer ein unheimliches Gottvertrauen und meine Eltern hatten mich sehr streng und zu einem gebildeten Menschen erzogen. Umso mehr litt ich unter Brunos rüpelhaftem Benehmen und konnte nicht begreifen, wie jemand der studierte, nicht eine mal das Minimum von Benehmen lernte.

Bei einer normalen Heirat verfügt der Mann über den ganzen Besitz. Bruno war nun stolz darauf, über mein ganzes Geld und damit auch über mich zu herrschen. Sein proletenhaftes Benehmen wurde durch den Besitz noch mehr gefördert. Leider!

Wieder einmal setzte ich mich am Abend hin zum Stricken, dabei hörte ich im Radio einem Hörspiel zu. Plötzlich kam Bruno, stellte mir das Hörspiel ab und befahl mir ins Bett zu gehen. Erstaunt fragte ich: «Was soll denn das? Ich will dieses Hörspiel fertig hören.»

Daraufhin meinte er: «Es ist jetzt Zeit ins Bett zu gehen und die Zeitung habe ich fertig gelesen.»

Wütend stellte ich das Radio wieder an, doch Bruno stellte sofort wieder ab, packte mich am Arm und zwang mich mit ihm ins Bett zu gehen.

Was für ein Leben, wer könnte mir helfen, wenn nicht einmal meine eigene Mutter mir beisteht, sondern zum Überfluss immer Bruno recht gibt? Ich habe niemanden der mir beistehen könnte. Ich bin so alleine. «Herrgott, bitte hilf mir, wie soll das weitergehen?»

Geschenk für alle drei Kinder

Es ging auf Weihachten zu, wo wir uns Gedanken machten über die diversen Geschenke, welche wir kaufen wollten, bevor das grosse Rennen des Weihnachtseinkaufs anfängt. Bruno hatte einen guten Tag und fragte: «Was möchtest du eigentlich? Ich könnte dir für alle drei Kinder die du geboren hast etwas schenken.»

«Oh ja, ich habe wirklich einen guten Wunsch, der für alle drei Kinder passen würde. Jedes Mal, wenn ich in die Stadt gehe, schaute ich mir das Schaufenster des Juwelier-Geschäfts an. Ein Gold-Collier, mit ein paar kleinen Diamanten besetzt, ist ausgestellt und gefällt mir wahnsinnig gut. Das wäre mein schönster Wunsch.»

Bruno kam mit mir in die Stadt zum Juwelier, um sich diesen Schmuck anzusehen. Das Gold-Collier war vorne ziemlich breit und mit fünf ganz kleinen Diamanten besetzt. Mir gefiel dies so sehr. Bruno war einverstanden, so etwas Teureres zu kaufen, weil es schliesslich ein Geschenk sein sollte, für alle drei Kinder. Zum Juwelier sagte er, im Moment hätte er nicht soviel Geld bei sich, aber er hole das Collier gelegentlich ab.

Später bekam ich einen Anruf vom Juwelier, man solle das Collier abholen, denn in der Adventszeit könne er nicht aufs Geratewohl so ein begehrtes Einzelstück zurückhalten. Erstaunt fragte ich Bruno, ob er das Collier vergessen hätte, weil ich einen Anruf vom Juwelier bekam.

Zum zweiten Mal telefonierte der Juwelier und sagte: «Warum hat Ihr Mann das Collier noch nicht abgeholt? So kurz vor Weihnachten kann ich das unmöglich noch länger reservieren.»

Nun bat ich Bruno, endlich vorbeizugehen und das Collier zu holen, weil es sonst verkauft würde. Später fragte ich Bruno nochmals, ob er beim Juwelier gewesen sei. Darauf bekam ich die zermürbende Antwort: «Ich habe es mir jetzt anders überlegt. Ich kaufe lieber mit diesem Geld eine Yacht, dann haben alle etwas davon.»

Sollte das mein Weihnachtsgeschenk für alle drei Kinder zusammen sein??? Was für ein Scheusal habe ich nur geheiratet.

Das Beste ist, wenn ich mir das Leben nehme, denn ich kann all dies nicht mehr ertragen.

Schlitten und Skifahren

Im Winter, wenn es neblig ist am Bodensee, scheint meistens die Sonne in der Höhe. Von Goldach aus konnte ich mit meinen Kindern nach Heiden hinauffahren und dort in der Sonne spazieren gehen. Auch nahm ich öfters meine Mutti mit, wenn sie Lust dazu hatte. Am schulfreien Nachmittag machte ich dies gerne, denn für meine drei lebhaften Trabanten musste ich immer etwas erfinden, um sie zu beschäftigen.

Bei Schnee konnten wir noch höher hinauf ins Appenzellerland fahren, wo Marco und Rahel Skilaufen konnten und ich mit der kleinen Gabriella Schlittenfahren. Dies war besser in der Ostschweiz, als vorher im Süden. Aber ich hatte immer Heimweh nach der wärmeren Gegend.

Marcos und Rahels Einschulung

Nach den Frühlingsferien begann das neue Schuljahr. Für Marco war es die erste Klasse und für Rahel der Kindergarten. Aber als ich Marcos Kindergärtnerin besuchte, sagte sie: «Leider habe ich das Gefühl, dass Marco noch nicht in die erste Klasse gehen kann, weil er noch zu jung und zu undiszipliniert ist. Das muss er noch lernen. Marco hat lauter Schabernack im Kopf. Er neckt gerne die Mädchen oder macht sonst einen Blödsinn, aber im allgemeinen ist er ein lieber Bub.»

Da erklärte ich dem netten Fräulein: «Ich glaube eher, es ist umgekehrt. Marco besuchte ja schon den Kindergarten im Tessin, darum fühlte er sich den anderen Kindern gegenüber überlegen und deshalb provoziert er. Käme er aber in die erste Klasse, so hätte er wieder eine neue Beschäftigung und dadurch weniger Zeit für Dummheiten.»

Dies leuchtete der Kindergärtnerin ein und nun glaubte auch sie, für Marco könnte es eher vorteilhafter sein, in die erste Klasse aufzusteigen.

Bruno am Tisch

Bruno war ein totaler Macho, dazu hetzte er die Kinder ständig gegen mich auf. Auf diese Art war es sehr schwer, die Kinder richtig zu erziehen. Marco spielte vor der Küchentüre mit Lego, währendem ich das Nachtessen zubereitete. Papi kam nach Hause und schimpfte mit mir wie immer, nur um seine Aggressivität heraus zu lassen. Als Erstes, als er zur Tür hereinkam, schleuderte er mit dem Fuss die Spielsachen herum, mit den Worten: «Überall lässt du das Zeug liegen, du bist für alles zu faul. Dich kann man für nichts brauchen.»

Mir waren diese Worte schon längst bekannt, aber was sollte das? Marco wusste es ganz genau, wie sein Vater reagierte und gerade dies war noch ein zusätzliches Problem für mich. Schweigen ist manchmal besser.

Dann setzen wir uns an den Küchentisch zum Nachtessen. Marco wollte auch irgendetwas unternehmen, um mich zu ärgern. Also steckte er beide Hände ins Birchermüesli und dann in den Mund. «Aber Marco, so wird nicht gegessen!», schimpfte ich. Darauf fuchtelte er mit seinen Armen in der Luft herum und schlug die volle Tasse Ovomaltine um, damit verspritzte er alles und auch die Wand. Ich hiess Marco nun, den Lappen zu holen und Ordnung zu machen.

Statt dass Bruno ihn zurechtwies, gab er mir einen wuchtigen Stoss und schimpfte, mit solchen scheusslichen Worten: «Du dumme Kuh! Halt doch dein Maul und du bist diejenige die aufputzen muss, oder für was bist du eigentlich da?»

Ich sagte nichts mehr, putzte auch nicht auf, sondern biss die Zähne ganz fest zusammen, um das Weinen zu unterdrücken. Von nun an sagte ich überhaupt nie mehr etwas, wenn der

Vater in der Nähe war. Ich neigte nur meinen Kopf ganz fest hinunter zum Teller, um meine Familie nicht zu sehen, wie sie sich zusammen mit dem Vater unmöglich benahmen.

Ich liebte meine drei Kinder doch so sehr, und ich werde alles was in meiner Macht steht für sie tun, und sorgen so gut es geht um sie zu anständigen Menschen zu erziehen. Aber ich gehe kaputt mit diesem Mann.

Rahel merkte, wie wenig eine weibliche Person bei ihrem Vater bedeutete, deshalb wollte sie auch nicht mehr weiblich sein. Sie nahm sich alle Mühe, um beim Vater gut anzukommen. Eines Tags sagte sie: «Ich bin nicht die Rahel ich bin der Kudi» (für Kurt).

Mandeln operieren

Schon als ich noch ein Backfisch war, sollte ich einmal die Mandeln operieren lassen, weil ich statt der Periode fast monatlich eine leichte Angina bekam. Später wurde es seltener, aber dafür heftiger. Immer wieder musste ich von den Ärzten hören: «Sie müssen sich einmal operieren lassen, aber im Moment ist es noch nicht nötig.»

Nun in Goldach war der Winter anders als in der Südschweiz. Ich bekam wieder eine Angina und ziemlich heftig. Bruno war auch betroffen und wir beide konsultierten den Arzt. Wieder sagte dieser Arzt: «Sie müssen sich gelegentlich einmal operieren lassen, aber im Moment ist es noch nicht nötig.»

Nun hatte ich genug und ich wusste, dass je älter ich werde, die Operation schwieriger wird. Deshalb sagte ich zum Arzt: «Schauen Sie, so oft habe ich diesen Spruch gehört und nun hätte ich gerne einmal Ruhe davor. Es wäre besser, wenn man mich gleich operieren würde.»

Der Arzt war einverstanden und meldete mich in der Spezialklink an.

Zuhause erzählte ich es Bruno.

Zu meiner Überraschung sagte er: «Ich habe ja dasselbe Problem. Ich werde nun dem Arzt sagen, dass ich mich ebenfalls operieren lassen will.»

Der Arzt meinte: «Dann könnt Ihr gleich miteinander antreten.»

Ich überlegte, wie es dann mit den Kindern wäre. Ich kam zum Entschluss, dass dies vermutlich gerade das Beste wäre, wenn meine Mutti auf die Kinder aufpassen würde und den Haushalt bewältigte. Bestimmt wäre es leichter für sie, wenn Bruno sich nicht auch noch als Macho aufführen würde.

In der Klinik lachten alle und nannten unser Doppelzimmer, das Liebesnest. Sie alle hatten ja keine Ahnung von unserer «Ehe». Nach der Operation konnten weder Bruno noch ich sprechen. Dann ging es Bruno etwas besser und er sagte zum ersten Mal wieder etwas, aber so etwas Niederträchtiges zu mir, dass ich mir wünschte, nie mehr ein Wort von ihm zu hören, und so ging es volle zehn Tage.

Es war vor Weihnachten und die meisten Patienten wurden auf die Festtage entlassen. Nun mussten alle für den Austritt noch das Gewicht kontrollieren lassen. Einer nach dem anderen war glücklich, weil er durch die Fasterei zwei Kilo verloren hatte. Freudig stand ich auf die Waage, weil ich überhaupt nichts essen konnte und nur schwerlich etwas trinken, somit würde ich vermutlich noch viel mehr Kilos verloren haben. Aber oh Schreck! Ich, als einzige, wog zwei Kilo mehr.

Stimmrecht für Frauen

Es war noch ganz neu, dass die Frauen in der Schweiz das Stimmrecht erhielten. Damals, als ich in England im College war, hatten wir auch eine Klasse, in der wir über Politik diskutierten. Umso mehr interessierte ich mich hier in meiner Heimat dafür. Herr Bendel, ein Architekt warb für den LDU. Er machte mir einen sehr guten Eindruck und seine Vorschläge leuchteten mir ein. Deswegen ging ich zusammen mit Bruno an die Versammlung.

Herr Dr. Jäger, Kantonsrat, führte die Versammlung. Es wurde über verschiedene Sachen und Projekte diskutiert. Unter anderem sagte Dr. Jäger: «Wer nicht mit uns ist, ist gegen uns.»

Wie banal, so etwas zu sagen, dachte ich.

Es gab einige Vorschläge. Auch Bruno gab etwas zum Besten. Herr Dr. Jäger bedankte sich für diesen guten Vorschlag. Danach klopfte jemand ans Glas, es war Rudolf Alther, der die Stimme erhob indem er sagte: «Herr Dr. Jäger ist begeistert von diesem guten Vorschlag. Auch ich bin begeistert von diesem guten Vorschlag. Ich bin überzeugt, dass auch Ihr, wie Herr Dr. Jäger begeistert seid von diesem guten Vorschlag. Wir alle wollen applaudieren für diesen guten Vorschlag.»

Zu meiner Überraschung applaudierten alle, ohne dass ein konkretes Wort, über den Inhalt des guten Vorschlages gefallen war. Es kam mir vor wie auf dem Bau, wo der eine dem anderen die Bausteine reicht und dazu sagt: «Bitteschön», der, welcher den Baustein in Empfang nimmt, sagt: «Dankeschön», indem er diesen weitergibt und sagt: «Bitteschön». Für mich hörte sich es so an wie: «Bitteschön, dankeschön, bitteschön, dankeschön, bitteschön, dankeschön, bitteschön …»

Ich machte mir Gedanken und dachte, wie soll denn das funktionieren? Warum hatte kein Mensch sich gemeldet, um eine Frage zu stellen? Ich kann doch nicht einfach applaudieren für diese leeren Worte.

Zu Hause fragte ich Bruno, nach seinem guten Vorschlag: «Wie soll denn das funktionieren?»

«Ich bringe die gute Idee, für die Ausführung sind die anderen verantwortlich.»

Da musste ich lachen und erwiderte: «Ich kann ja auch eine gute Idee haben, dass wir eine Bahn zum Mond bauen, aber die anderen sind verantwortlich, wie diese Bahn gebaut werden soll.»

Brunos einfache Antwort darauf war: «Du verstehst überhaupt nichts und an deinem Vergleich sieht man, wie blöd du bist.»

Dazu musste ich mir noch einige Schlötterlige anhören.

Marcos 1. Klasse

Ich besuchte Marcos Lehrerin, um mich nach Marco zu erkundigen. Wie erwartet sagte sie: «Marco macht oft Schabernack, aber sonst ist er ganz lieb. Letzthin war es sehr interessant, als ich die Kinder fragte: ‚Wer von euch hat zu Hause einen Fernseher?' Da streckten alle Kinder ihre Hand auf, bis auf zwei Buben. Daraufhin fragten die anderen Kinder sofort, ob die Eltern denn so arm seien, dass sie sich nicht einmal einen Fernseher leisten können. Ich aber wusste, dass Marcos Vater Ingenieur ist, und deshalb konnte ich den Kindern eine gute Antwort geben, die für den armen Buben von Vorteil war.»

«Klar, gerade wegen unseren Kindern wollen wir keinen Fernseher. Hingegen dürfen sie zu ihrer Nonna, um gute Kinderfilme zu sehen und dann kommen sie wieder nach Hause.»

Der Lehrerin gefiel diese Einstellung sehr und zufrieden verabschiedeten wir uns.

Bruno, welches Vorbild

Wieder einmal als Bruno heimkam, war ich in der Küche am Essen zubereiten. Rahel und Marco spielten wieder mit Lego in meiner Nähe im Korridor und Esszimmer. Wieder stiess Bruno mit dem Fuss die Spielwaren fort und rief aus: «Du faules Weib, kannst du denn nicht einmal aufräumen. So eine Unordnung, wenn ich heimkomme und alles nur herumliegt.

Es war unmöglich noch etwas dazu zu sagen, weil es aus meiner Sicht einfach ein schlechtes Vorbild für die Kinder war. Umso mehr wollte ich mir alle Mühe geben, als gutes Vorbild vorauszugehen und zu hoffen, meine drei Kinder zu anständigen Menschen zu erziehen. War ich alleine mit meinen drei Kindern, so war es Pflicht, sich anständig zu benehmen, oder in ihr Zimmer zu gehen, wo sie machen konnten was ihnen gefiel.

Marco hatte dies einmal so richtig ausgenutzt. Er bohrte mit dem Schraubenzieher Löcher in die Wand. Auch verschmierte er die Wände mit verschiedenen Farben. Als ich dies sah, zeigte ich keine Reaktion und sagte nur: «Wunderschön hast du dein Zimmer versaut, aber ich bin froh, dass ich nicht in diesem Zimmer leben muss, sondern du. Wenn es dir so gefällt wie du das sagst, ist es ja in Ordnung.»

Marco wollte immer mit dem Kopf durch die Wand. Einmal sagte ich diese Worte zu einer Frau, als Marco zufällig mithörte. Dann nahm er einen Anlauf und raste auf die Wand zu, mit dem Kopf voraus. Die Wand war aber stärker und Marco weinte und war wütend, dass die Wand nicht durchbrochen war.

Im kalten Winter

Es wurde so kalt, dass der Mötteli-Weiher in unserer Nähe zufror und begehbar war. Marco und Rahel wollten mit ihren Schulkameraden zum Schlittschuhlaufen hingehen. Weil sie alle miteinander hingingen, konnte ich es ihnen erlauben. Langsam wurde es dunkel und ich schaute, ob die Kinder nun nach Hause kommen. Aber als die Strassenlaternen anzündeten, wurde ich unruhig. Ich kleidete Gabriella in den warmen Overall und holte den Schlitten hervor, um sie draufzusetzen, damit ich schneller vorwärts kam. Dann marschierte ich hinauf zum Weiher. Es war still und ich konnte niemanden sehen. Ich rief meinen beiden Kindern, doch keine Antwort kam.

Nun rannte ich und bemerkte in der Mitte des Weihers etwas wie ein riesiges grosses Loch. Ich schrie so laut ich konnte nach Marco und Rahel. Dann hörte ich, wie meine Stimme ein total verzweifeltes Echo hatte. «Es kann doch nicht sein, dass meine beiden Kinder ertrunken sind? Nein, nein, das darf nicht sein!»

Ich probierte zu überlegen. Aber, dass die beiden und vielleicht auch alle anderen Kindern zusammen ertrunken waren, konnte ich mir doch nicht vorstellen. Hingegen verstand ich nicht, dass mich niemand benachrichtigen wollte über den traurigen Vorfall. «Nein, das darf nicht sein!»

Gabriella erklärte ich: «Wir müssen ganz, ganz schnell nach Hause und du musst dich ganz fest am Schlitten halten, damit du nicht hinunterfällst. Mami muss zuhause schnell telefonieren. Vielleicht wissen die Eltern von Marcos Freund etwas.»

Als ich die Familie von Marcos Freund anrief, antwortete die Mutter: «Ja, alle Kinder sind zu uns gekommen, weil sie hungrig waren und sie sitzen vergnügt in der Stube.»

«Gott sei Dank! Nun ist mir ein unheimlich schwerer Stein vom Herzen gefallen.»

Aber das Herzklopfen hielt noch sehr, sehr lange an.

Erica und die Sternbilder

Oberhalb von unserem Haus wohnte mein Onkel. Er hatte immer Freude, wenn die Kinder ihn besuchten. Als er starb, kam mein Cousin ins Haus. Ich verstand mich sehr gut mit seiner Frau Erica, die sehr belesen war. Auch kannte sie sich sehr gut mit Astrologie aus. Ich erzählte ihr, dass schon die Mutter meiner Schulfreundin sagte: «Klar du bist ein Schütze und leider im Schaltjahr geboren.»

Als Erica sich auch so äusserte, fragte ich sie, was sie denn wisse. Man muss ein Sternbild aufstellen und danach kann man ca. 80 % feststellen, so ähnlich wie eine Wetterprognose, warum und wann man unter so einer Spannung steht.

Um Sternbilder aufzustellen und lesen, besass Erica etwa zehn Bücher. Es faszinierte mich und sie konnte mir soweit helfen, indem sie mir erklärte, was in den Sternen steht. Beim ersten Atemzug wird das Leben wie ein Foto geprägt. Man kann zum grössten Teil Spannungen oder das Umgekehrte ablesen. Aber man kann nur die Konstellationen sehen, die Spannung oder Harmonie bedeuten. Natürlich nicht, was passiert. Hingegen, wenn etwas passiert ist, kann man es verstehen, weswegen es negativ, oder lieber warum es positiv verlief. Auch kommt der Sonnenbogen dazu, der sich nach Alter verschiebt und alles muss man ausrechnen. Handgelenk mal Pi kann man schnell etwas heraussehen, hingegen darf man dies auf keinen Fall ernst nehmen. Doch Erica konnte mir sofort sehr viele wahre Dinge sagen. Es war verblüffend!

Dies half mir sehr. Nun verstand ich auch, warum ich oft als Prellbock hingestellt wurde. Auch konnte ich nun verstehen, dass es sinnlos ist, wenn ich versuche zu beweisen, dass man mich in einem falschen Licht sieht. Auch war es nun sogar verständlich, warum ich mit Bruno verheiratet war und auch sein Verhalten mir gegenüber. Leider ist er nichts als ein armer Mann, der, vom Sternbild her, einfach über Leichen geht.

Marcos 2. Klasse

Ende des Schuljahres, war wieder dasselbe Problem mit Marco, er sei zu jung. Dabei hatte Marco überhaupt keine Schwierigkeiten mit dem Schulstoff. Doch die Lehrerin hatte das Gefühl, es fehle ihm an Disziplin. Wenn Marco mit dem jüngeren Jahrgang zur Schule ginge, könnte er eher mithalten.

Daraufhin erklärte ich der Lehrerin, wie ich diese Sache sehe: «Würde Marco nochmals die erste Klasse besuchen, wäre es ihm nur langweilig und er würde die anderen Kindern stören mit seinen Bubenstreichen und einfach noch mehr Schabernack treiben.»

Die Lehrerin verstand meine Sorge und liess Marco doch mit seinen Kameraden weiter in die zweite Klasse aufsteigen.

Marco und Vater

Es war am Todestag von meinem lieben Papa. Bruno war fatal. Ich sollte für ihn alles Mögliche tun und er brüllte und schimpfte die ganze Zeit. Entrüstet gab ich ihm die Antwort: «Ich bin nicht dein Dienstmädchen.»

Daraufhin sagte er sogar vor meinen drei Kindern: «Nein du bist noch weniger. Du bist eine faule Sauhure und nützt überhaupt zu nichts.»

Dass dieser Mann sich nicht schämte!!!

Am Abend, als ich meine drei Kinder in der Badewanne hatte, stieg Marco als erster hinaus. Er bekam Hühnerhaut und jammerte es sei kalt. Schnell half ich ihm beim Frottieren, aber da läutete es an der Haustür. Schnell schlüpfte er noch halb nass ins Pyjama, um zu sehen wer gekommen sei. Er rannte aus der warmen Wohnung hinaus, die Treppe hinunter, wo Bruno bereits unter der geöffneten Haustür stand. Ich rief dem Lausbub nach: «Marco, du erkältest dich, komm schnell zurück an die Wärme.»

Hingegen Bruno rief ihm zu: «Nein, nein du kannst schon mitkommen.»

Als die beiden wieder herauf kamen, stellte ich sie zur Rede: «Wenn Marco schon im warmen Badzimmer friert, ist es wirklich überflüssig, aus der Badewanne hinaus und hinunter zu steigen, um an die offene Haustüre zu gehen, wo winterliche Kälte herrscht.»

Nun brauste Bruno auf und sagte: «Du brauchst nicht immer eine Dumme zu haben, zudem war er gar nicht unter der offenen Haustür.»

«Er war aber im kalten Gang und Marco lief die Treppe hinunter, dabei war er noch halb nass vom Bad.»

«Aber er war nicht unter der Haustür und du sollst endlich deine Klappe halten und Ruhe geben.»

Das wollte ich klarstellen und sagte zu Bruno: «Und du, du musst nicht immer auf irgendeiner Weise deinem Sohn helfen wollen, denn Tatsache ist, dass er aus dem Bad kam und zur Haustür ging, und die war offen, denn es kam kalte Luft herauf.»

«Nein, die Haustür war nicht offen, wir öffneten das Garagentor.»

«Wo hat dieser Mann nur seinen Verstand?», fragte ich mich.

Erziehen mit Geschichten

Wenn das Essen vorbei und die Küche wieder aufgeräumt war, steckte ich die Kinder in die Badewanne, um sie nachträglich ins Bett zu bringen. Zusammen beteten wir und baten den Herrgott, uns die gemachten Fehler vom Tag zu verzeihen. Nachher las ich noch eine kleine Geschichte vor, damit die Kinder beruhigt einschlafen konnten. So war es nach kurzer Zeit immer still und die Kinder waren in tiefsten Schlaf gefallen. Immer schliefen sie durch ohne jegliches Problem.

Sobald die Kinder schliefen, konnte ich mich endlich in die Stube setzen und vielleicht noch Socken stricken für meine drei Kinder. Gleichzeitig konnte ich Musik im Radio hören, oder noch lieber ein Hörspiel, um meine Situation zu vergessen, falls Bruno es erlaubte. Oder ich überlegte mir, wie ich meine drei Kinder unter solchen Umständen überhaupt richtig erziehen könnte.

Da kam mir Folgendes in den Sinn. «Ich muss den Kindern eine Geschichte erzählen, womit sie an sich selbst appellieren können und an ihr Gewissen.»

Also erzählte ich folgende Geschichte: «Ihr wisst, wenn man für ein Fest einen schönen Tisch deckt, mit Teller und Suppenteller, das schöne Silberbesteck dazu, ein Wasser- und ein Weinglas aufstellt. Dann den Tisch schmückt mit gefalteten Servietten, so wie ihr dies gelernt habt. Dazu für jede Person ein Blümchen und einen schönen Blumenstrauss in die Mitte des Tischs stellt. Natürlich kommen noch Kerzen auf den Tisch, sodass es richtig gemütlich wird. All das ist Arbeit und braucht Zeit. Wollt ihr aber etwas Böses tun, dann ist es superleicht, man muss nur am Tischtuch ziehen und schon ist der ganze Zauber am Boden.»

Nun konnten die Kinder lachen und fanden es superwitzig, dass ich solche Ideen hatte. Aber dann fragte ich sie: «Findet Ihr es immer noch lustig am Boden zu essen, wo alles zerschlagen und verschmiert ist? Was wollt Ihr dann essen und trinken, wo die Speisen voller Scherben und das Trinken verspritzt ist? Ist es nicht viel schöner am Tisch zu essen, den man mit viel Liebe schön geschmückt hatte, und wie fein schmeckt uns das gute Essen, mit Trinken aus schönen Gläsern, die von den Kerzen beleuchtet sind.»

Das Lachen über den dummen Streich legte sich langsam und die Kinder dachten nach und auch ihnen gefiel es viel besser, am schön gedeckten Tisch zu essen. Ich glaube, sie hatten es verstanden.

Segelschiff

Bruno kaufte eine Segelyacht, anstatt meinem Geschenk für alle drei Kinder. Den Anlegeplatz mietete er in Altenrhein. An einem schönen, warmen Sommertag, mit gutem Wind zum Segeln, machten wir uns auf den Weg. Wir kleideten die

Kinder an und los ging's zum Bodensee. Diesmal segelten wir gegen Bregenz. Da sah ich wie dunkle Wolken von den Alpen her das Rheintal hinunter und Richtung See kamen. Ich machte meinen Mann aufmerksam darauf. Er lachte mich aus: «Das ist überhaupt nichts, denn solange nicht einmal eine leichte Sturmwarnung ist, ist jede Angst fehl am Platz. Wenn ich es sage, dann ist es so.»

Doch dann probierte ich ihm zu erklären: «Für uns beide bange ich noch lange nicht, wir beide sind gute Schwimmer, aber wir haben drei Kleinkinder. Wenn es anfängt, wie wollen wir dann schnell segeln, und noch drei Kleinkinder festhalten? Es ist mir zu gefährlich. Bitte fahre wenigstens Richtung Hafen.»

Er hatte es schliesslich eingesehen und fuhr mit uns zurück.

Für die Boote gibt es in Altenrhein eine lange Pfahlwand, an der man durchfahren muss, um in den Hafen zu gelangen. Gerade angelangt an dieser Pfahlwand, fing es an zu Stürmen und der Wind drückte uns gegen die Pfähle, sodass wir schliesslich mit Schwierigkeiten, aber gut im Hafen landeten. Trotzdem leuchteten die Warnlichter noch nicht. Wir deckten das Boot und schon fielen die ersten grossen Tropfen.

Per Auto fuhren wir dem See entlang, und um uns das Gewitter anzusehen, hielten wir bei einer Strandausfahrtstelle. Der See wurde immer wilder und es gab riesig grosse Wellen. Nun sahen wir so viele Schiffe, die in Seenot geraten waren. Es war fürchterlich. Langsam kamen die Boote herein, aber kein einziges Boot war ohne Schaden. Viele kenterten und bei anderen war der Mast kaputt und die Segel zerrissen. Es war sehr traurig dies anzusehen.

Doch war es fantastisch, den Naturgewalten zuzusehen. Erst in diesem Moment fing die Sturmwarnung an, aber viel zu spät begann diese Warnung. Bruno war nun endlich doch froh, dass er meinem mütterlichen Instinkt nachgegeben hatte.

Am nächsten Morgen berichtete die Zeitung von den Ereignissen. Die Sturmwarnung wird in Kloten beim Flughafen ausgelöst. Immer kommt der Sturm vom Westen her, diesmal eigenartigerweise vom Süden her und unverhofft schnell, sodass es keine Anzeige in Kloten gab.

Die Zeitung berichtete auch von einem jungen Mädchen, eine gute Schwimmerin. Sie verschwand aus einem gekenterten Boot und konnte nicht gefunden werden. Erst 14 Stunden später in der Nacht, fand man sie total erschöpft am Ufer. Sie schwamm die ganze Zeit im tobenden Wasser. Sofort wurde sie ins Krankenhaus gebracht, wo es ihr einigermassen gut ging.

Heidi und Kinder

Heidi kam wieder mit ihren Kindern zu uns. Wie immer machte ich Kaffee und stellte Biskuits auf. Aber dann erlaubte sich Marco mit seinem Kollegen etwas, weswegen ich ihn zurechtweisen musste. Heidi lehnte sich auf und sagte: «Was, du entschuldigst dich ja halb bei deinem Sohn. Ich hätte dem links und rechts eine versetzt, damit er weiss was sich gehört.»

Ich hingegen bin da anderer Meinung. Normalerweise, wissen die Kinder vom Bauch heraus, was eigentlich nicht erlaubt ist. Die Versuchung ist aber sehr interessant und menschlich. Wenn ich aber die Gründe erkläre, warum man so etwas nicht tun darf, rege ich die Kinder doch zum Denken an. So hoffe ich, etwas getan zu haben, damit die Kinder in Zukunft eher überlegen was sie tun.

Wieder einmal musste ich Marco erklären, weshalb man gewisse Sachen nicht machen darf. Doch weil er keine Notiz davon nahm und es einfach wiederholte, schimpfte ich und erklärte: «Bei nächstes Mal muss ich dich strafen.»

Doch dieser Bengel probierte es zum dritten Mal, ob ich im Stande sein könnte, es durchzuführen. Ich hatte ihm gedroht und deswegen musste ich ihm den Hintern verklopfen. Der Bengel zeigte mir aber, dass er trotzdem dieses noch zum vierten Mal tun konnte. Da blieb mir nichts anderes übrig, als den Teppichklopfer zu holen. Aber daraufhin, war ich diejenige, die geweint hatte.

Marco aber war dann trotzdem beeindruckt.

Der Vertreter und Gabriella

Rahel und Marco waren in der Schule und ich mit der kleinen Gabriella alleine zuhause.

Der Vertreter von Just hatte sich angemeldet und ich empfing ihn am Nachmittag. Mutti war ihm treu geblieben und kaufte jedes Jahr Möbelpolitur bei ihm. Auch ich kannte ihn noch vom elterlichen Geschäft her und nur deswegen empfing ich ihn.

Gabriella wollte sich natürlich bemerkbar machen und so rannte sie wie verrückt herum, durch die eine Türe in den Garten hinaus und durch die andere wieder herein. Dabei veranstaltete sie noch grossen Lärm, um die Aufmerksamkeit auf sich zu lenken. Ich warnte sie, nicht so übermütig herum zu springen, aber da stolperte sie bereits über die Schwelle und fiel so ungeschickt auf ihr Kinn, dass sie eine grosse Schramme hatte. Mir war ganz übel und elend zumute. Zum grösseren Unheil: Gabriella ist ein Mädchen und hatte nun ein Schönheitsfehler im Gesicht.

Der Vertreter war sofort behilflich und führte uns ins Spital nach St. Gallen. Dort bat ich den Arzt, das Kind so zu nähen, damit man die Narbe möglichst unsichtbar machen kann, weil sie ein Mädchen ist.

Als der Vertreter uns wieder nach Hause gebracht hatte, musste ich anstandshalber etwas kaufen. Die Möbelpolitur von Just war immer die beste. Leider war es nicht mehr so wie früher, wo wir immer eine Flasche kaufen konnten. Nun verkaufte Just nur noch Fünf-Liter-Behälter. Trotzdem kaufte ich, weil mir unter diesen Umständen nichts anders übrig blieb.

Psychologe

Wenn Bruno Schwierigkeiten hatte, sagte er einfach: «Dann lassen wir uns scheiden.»

Das sagte er, weil er wusste, für mich als Katholikin ist dies fürchterlich, alleine schon sich so zu äussern. Weil er mich immer dumm und faul und noch viel Schlimmeres schimpfte und ich ihn aber zurechtwies, schickte er mich zum Psychologen. Natürlich ging ich, damit ich jemandem erzählen konnte, wie sich das tägliche Leben mit Bruno abspielte.

Der Psychologe erklärte: «Schauen Sie liebe Frau, es ist fast 100 % sicher, dass wenn eine Frau keusch in die Ehe geht, dies nicht klappen kann. Ich muss unbedingt mit Ihrem Mann sprechen, aber wir müssen diplomatisch vorgehen. Ich werde Ihren Mann einladen, um einmal von Mann zu Mann zu sprechen. Danach müsst Ihr beide zu einer Vorsprache herkommen. Keine Angst, das wird schon klappen.»

Tatsächlich so geschah es. Bruno liess sich überreden. Dann mussten Bruno und ich zusammen nochmals zur Besprechung. Der Psychologe riet ihm, er solle sich zurückhalten mit seinen aggressiven Worten und versuchen, stattdessen eher Komplimente zu machen. Auch solle er hie und da mit mir in den Ausgang gehen, zu einem Konzert oder ins Theater.

Nach diesen Besuchen beim Psychologen, hatte Bruno immer gute Ideen, wie unsere Beziehung gebessert werden könnte. Leider tat er genau das Gegenteil von dem was er sagte.

Seidenkleid und Mantel

Bereits war ein halbes Jahr vergangen, seit ich für mich eine Kleinigkeit kaufte. Hingegen bekam ich von meiner Freundin Kleider, welche ihr zu eng geworden waren. Nun fragte ich Bruno, ob er mir etwas Geld gebe, denn im Ausverkauf könnte ich für den halben Preis etwas kaufen. Er willigte ein indem er sagte: «Wenn du nur die Hälfte vom Originalpreis bezahlt hast, gebe ich dir nachher das Geld.

Ich schaute, ob ich im erstklassigen Geschäft von St. Gallen ein Schnäppchen finde. Dort kaufte ich immer, als ich noch ledig war. Im Schaufenster sah ich ein handgedrucktes Seidenkleid. Leider war es noch im Ministil, der nun passé war. Weil ich aber kurze Beine habe und einen Doppelsaum entdeckte, zog ich den Faden heraus, und so stimmte die Länge genau für mich. Dieses Kleid würde ich immer für festliche Anlässe tragen können, solange meine Figur sich nicht änderte. Es kostete einmal über Fr. 1000.–, und wurde öfters hinuntergesetzt bis nun auf Fr. 35.–, was ich mir ohne weiteres leisten konnte. Auch sah ich einen wunderschönen, blauen Wildledermantel mit einem sehr schönen, schwarzen und grossen, langhaarigen Pelzkragen, den ich mir in diesem Fall auch noch leisten konnte.

Voller Freude ging ich nach Hause. Bruno sass im Büro und ich zeigte ihm voll Begeisterung meinen Einkauf und erklärte: «Schau Bruno, was ich mir für ein tolles Kleid gekauft habe und noch diesen wunderschönen Mantel dazu. Das hätte zusammen Fr. 1650.– gekostet. Ich bezahlte aber nur Fr. 317.– für beides. So ein Glück! Gibst du mir jetzt das Geld dafür?»

Nun erwachte ich wieder von meinem schönen Einkaufsbummel. Ich war wirklich wieder zu Hause bei Bruno, der mir kurz und bündig antwortete: «Du brauchst gar nichts, du kannst dir etwas kaufen zum Arbeiten. Schon einmal hattest du eingekauft und hast keine Ruhe gegeben, bis ich zahlte.

Zum Putzen hätte ich dir etwas gegeben, aber solche Sachen kannst du selber bezahlen.»

Das durfte nicht wahr sein! Wie konnte Bruno mir einfach so etwas Niederschmetterndes an den Kopf schmeissen? Als Haushaltungsgeld gab er mir nur Fr. 250.– pro Monat, und was ich mehr brauchte musste ich selber bezahlen. Er hatte mir nie etwas gegeben, nicht einmal für die Kinderkleider. Ich musste immer alles aus meinem Ersparten bezahlen, das ich in die Ehe gebracht hatte.

San Bernardino Überfahrt

Bald fingen die Sommerferien an, welche ich lieber möglichst alleine mit meinen Kindern im Ferienhaus im Tessin verbringen wollte. Damit Bruno mir nicht ständig dreinreden konnte, fuhr ich erst am Montag weg.

Es war besser mit meinen drei Kindern alleine nachts zu fahren. Im Auto stellte ich die Hintersitze hinunter und legte eine Matratze darauf, sodass sich alle drei Kinder wie in einem Bett hinlegen konnten. Damals gab es noch nicht das Gesetz und man durfte noch so etwas machen. Ich steckte alle drei Kinder ins Bad und zog ihnen gleich das Pyjama an. Sie freuten sich und waren schon müde. So konnte ich in Ruhe auf die lange Fahrt über die Berge.

Ich fuhr das Rheintal hinauf nach Chur, Thusis und durch den neuen San Bernardino Tunnel. Gerade hatte ich das Dorf San Bernardino passiert, da ratterte das Auto plötzlich und ziemlich heftig. Ich bekam Angst und hielt sofort an. Es war dunkel, mit der Taschenlampe schaute ich nach, konnte aber nichts feststellen. Hingegen getraute ich mich keinen Meter mehr zu fahren. Handy gab es damals noch nicht. Ich musste das Auto mit den Kindern abgeschlossen stehen lassen und probieren, ob ich Hilfe finde. Glücklicherweise war ganz in der Nähe eine Tankstelle mit Garage. Sofort kam der Mechaniker mit seinem Koffer und einer grossen Lampe. Er schaute von oben den Motor an, dann von unten und stellte fest, dass sich die Schraube vorne, wo der Motor aufgehängt ist, total gelöst hatte und der Motor beinahe zu Boden gefallen wäre.

Dank sei Gott, dass ich gleich angehalten hatte, sonst wäre der Motor explodiert. Nun konnte ich die Reise mit meinen Kindern fortsetzen. Im Ferienhaus angekommen, legte ich die drei Trabanten, einen nach dem anderen ins Bett, ohne jegliches Problem.

Die letzte Ferienwoche kam Bruno auch noch. Er gab sich Mühe, anständiger zu sein. «Gott sei Dank!»

Sogar auch, als wir schon wieder daheim waren probierte er anständiger zu sein. Trotzdem waren wir noch nie im Ausgang. Leider dauerte es nur ca. drei Wochen bis Bruno wieder eskalierte. Klar hatte er es eingesehen was er verlieren würde, wenn er so weiter machte. Ich aber konnte nicht mehr, für mich war es zu fatal und nicht mehr lebenswert.

Sprache verloren

Ich merkte, dass ich die Sprache verloren hatte. Nun musste ich einfach etwas für mich selber tun. Ich hatte mir ja all die Jahre gar nichts erlaubt. Immer kaufte ich für die Kinder und oft auch für Bruno ein. Ja, ich konnte es nicht sehen, dass mein Mann so schlampig herumlief und darum suchte ich für ihn die Kleider aus. Aber er wollte einfach nicht mitkommen zum Anprobieren. Deswegen hatte ich an mir abgemessen, um die passende Grösse für Bruno zu finden. Nun konnte ich auch für Bruno die Anzüge probieren und kaufen. Hingegen hatte er oft aus Protest, und nur um mich zu ärgern, einfach etwas anderes angezogen, was gar nicht zusammenpasste, oder sogar Schmutziges hervorgeholt.

Ich musste endlich etwas für mich tun und probieren, mir selber etwas Liebe zu geben. Ich beschloss wieder einmal in die Stadt zu gehen, wie früher. Ich wollte wieder einmal ins Café gehen und im Ausverkauf stöbern. Da las ich in einem Zeitungsinserat, dass in der Club-Schule verschiedene Kurse stattfanden. Jeweils im Herbst fingen die neuen Kurse an. Ich könnte mich anmelden, dachte ich. Aber zu was war ich noch fähig, da ich psychisch am Ende war und nicht mehr sprechen konnte? Da entdeckte ich im grossen Angebot genau das Richtige. Ein Kurs für «Schön, gepflegt und anziehend». Im Moment wäre ich nicht fähig für etwas anderes, aber das möchte ich probieren. Bruno musste mir dies erlauben, denn er wusste was der Psychologe gesagt hatte. Gleich meldete ich mich für diesen Kurs an, und schon fühlte ich mich wohler.

Geschäft in der Ostschweiz

Brunos Filiale war für die ganze Ostschweiz zuständig. Mein Cousin besass drei Elektrogeschäfte und bezog hauptsächlich Ware von Bruno. Erst als ich meine Schwierigkeiten mit Bruno nicht mehr verdecken konnte, sagte mein Cousin: «Mit Bruno komme ich auch nicht zurecht, er geht über Leichen. Persönlich will ich nichts zu tun haben mit ihm. Hingegen beziehe ich trotzdem Waren von ihm, weil diese einfach die besten auf dem Markt sind.»

Bruno musste öfters weiter weg reisen für seine Arbeit, aber er versuchte immer zum Essen nach Hause zu kommen. Fragte ich ihn, ob es ihm geschmeckt hatte, sagte er jedes Mal: «Ja, prima, oder es ist jedenfalls viel besser als im Restaurant.»

Immerhin ein Kompliment vom ihm. Aber das war auch das Einzige. Zwar wusste ich nicht, ob es wirklich stimmte, oder einfach, dass es billiger war zuhause, und ich auch noch für ihn kochen musste. Er wusste ja, dass ich nicht gerne koche. Als wir uns kennenlernten, hatte ich ihm gleich gesagt, dass mir Kochen nicht gefällt. Hingegen lernte ich in der Hauswirtschaftsschule gesund zu kochen, und einfaches, aber sehr geschmackvolles

Essen zubereiten. Trotzdem, ich esse gerne gut, und deswegen nehme ich mir dementsprechend die Mühe mit Kochen. Dazu schaute ich immer, dass jeden Tag ein anderes Gemüse auf den Tisch kam und im Sommer direkt vom Garten. In der Gewerbeschule lernten wir, wie man jedes Gemüse als solches würzen und mit diversen Zutaten unterstreichen kann. Zuhause im elterlichen Geschäft hatte ich sogar unsere Mädchen unterrichtet. Zudem lernte ich auch viel von meiner Mutti, die sogar eine Zeitlang im Hotel Tellsplatte erste Köchin war.

Hatte Bruno etwas besonders gerne, so kochte ich mehr davon, aber dementsprechend schöpfte er noch mehr. Wenn ich Bruno darauf aufmerksam machte, dass es den Kindern auch speziell gut schmeckte und er als ihr Vater etwas rücksichtvoller sein sollte, bekam ich leider nur einen Rüffel und wurde als die blöde Kuh, die nichts versteht betitelt.

Eines Tages kam Bruno und lachte mich aus: «Siehst du, was für eine Schlampe du bist. An der gestrigen Hauptsitzung sagte der oberste Chef zu mir: ‚Sagen Sie ihrer Frau, sie soll sich besser kümmern um Ihre Kleidung. Für Ihre Stellung sollten Sie besser angezogen sein.'»

Nun aber konnte ich lachen und konnte ihm sagen: «So, da hast du nun das Resultat, weil du die Sachen die ich dir hinlegte, auf den Boden geschmissen hast.»

Zu meiner Verwunderung fragte mich Bruno von nun an, ob die Kleider zusammenpassten.

Persönlichkeits-Kurs

Also durfte ich endlich einen Kurs besuchen. Ich fuhr nach Arbon in die Club-Schule. Wie schön war es, wieder einmal in netter Gesellschaft im Kurs zu sein. Wir lernten, wie man die Fingernägel pflegt und poliert, eventuell auch lackiert. Auch wie man den ganzen Körper pflegen kann. Aber die Schönheit kommt von innen heraus. Es hängt von unserer Psyche ab, die sich wie ein See spiegelt. Aber auch die Gesundheit gehört dazu, und natürlich noch die Nahrung.

Die Lehrerin machte uns aufmerksam auf einen Spezial-Kochkurs für moderne Ernährung, welcher nach den Herbstferien anfing. Da meldete ich mich gleich an, denn ich wusste, dass Bruno bei so etwas nichts dagegen haben werde und diesen Kochkurs erlauben würde.

Für die Psyche offerierte die Lehrerin am Wochenende einen speziellen Persönlichkeits-Kurs zu besuchen. Zuhause brachte ich dies vor. Bruno flippte aus: «Du brauchst zuletzt einen Persönlichkeits-Kurs und Geld dazu habe ich sowieso nicht.»

Ich hatte mir es auch schon gedacht, aber nun hatte ich genügend Ehrgeiz, um diesen Kurs zu besuchen. Ich erzählte es Mutti, die es auch gut fand, solch einen Kurs zu besuchen.

Gegen den Willen von Bruno meldete ich mich an. Mutti kam fürs Wochenende, um auf die Kinder aufzupassen, und so konnte ich marschieren. Den Kurs bezahlte ich mit meinem übriggebliebenen Geld.

In diesem Kurs hatte ich enorm viel gelernt und ich konnte vieles klarer sehen. Auch was das Göttliche anbelangt wurde mir klarer. Für meine Psyche war es natürlich ein grosser Aufstieg, an dem ich aber noch viel zu arbeiten hatte, denn ich steckte damit noch sehr weit in den Kinderschuhen. Hingegen wusste ich endlich, wie ich weiterkomme. Nun fing ich an, mit mir selbst zu arbeiten.

Kurs für Ernährung

Gerne würde ich einmal Tanzen gehen und bat Bruno darum: «Kommst du mit mir zum Tanzen oder gehen wir ins Theater? Der Psychologe hat dir geraten, mich auszuführen und irgendetwas zu unternehmen was mir gefällt.»

Bruno hatte kein Musikgehör und vertröstete mich auf die folgende Woche.

Eine Woche später freute ich mich aufs Tanzen und wollte Brunos Versprechen einziehen, doch er hatte mich wieder auf die nächste Woche vertröstet, dafür mir hoch und heilig versprochen, dass nächste Woche kein Problem wäre. Hingegen wusste ich auch, was bei ihm das bedeutete. Dann gab ich ihm die Antwort: «Falls du dein Wort nicht hältst, werde ich alleine gehen.»

Immerhin hatte er nichts dagegen, dass ich in den Kochkurs ging. Der Kurs für moderne Ernährung fing an. Vom vorherigen Kurs besuchten die meisten Kameradinnen auch diesen. Da wir uns gegenseitig schon kannten, wurde es sehr gemütlich und ich konnte mich auch wieder etwas äussern. Da erzählte ich, wie gerne ich einmal Tanzen gehen würde, aber mein Mann …

Meine Kolleginnen lachten und befahlen mir: «Du musst unbedingt alleine gehen, wenn er nicht mitkommt. Sonst bekommst du Streit mit uns.»

Alleine tanzen zu gehen ist schon komisch, jedoch musste ich Bruno zeigen, dass er mit mir nicht machen konnte was er wollte.

Es wurde nächste Woche und ich befahl Bruno nun endlich sein Versprechen zu halten. Weil er wieder zu bequem war, sagte ich: «Jetzt gehe ich wirklich alleine. Tschau!»

Ich hatte Angst er werde ausflippen, aber nichts geschah. Ich zog mich an und ging einfach weg. Zu meiner Verwunderung passierte nichts. Sicher glaubte Bruno, ich würde mich sowieso nicht getrauen, und war nur vertieft in seine Zeitung.

Hingegen lernte ich im Dancing einen netten jungen Mann kennen, der gut tanzen konnte. Er lud mich für ein weiteres Mal ein, aber an einen schöneren Ort. Ich erlaubte mir, mich mit ihm zu verabreden, und dass er mir tagsüber einmal telefonieren dürfe.

Einmal könnte ich doch den Kochkurs schwänzen und mit diesem Herrn tanzen gehen, dachte ich.

Als ich wieder in den Kochkurs kam, wollten alle zuerst wissen, wie es mir ergangen war. Wir lachten und es war so fröhlich. Ich erzählte auch von dem blonden jungen Tänzer, den ich kennenlernte und sogar von ihm eingeladen worden war. Auch dachte ich, dass ich das nächste Mal nicht kommen werde, weil ich mich zum Tanzen verabredet hatte.

Die folgende Woche im Kochkurs warteten mein Kolleginnen wieder gespannt auf meine Neuigkeit.. Als Erstes erzählte ich ihnen, dass ich den blonden jungen Tänzer nun bei Tageslicht gesehen habe und erschrak, weil seine Haare nicht blond, sondern total grau sind. Aber der Abend war wieder sehr schön und keinen Tanz hatten wir ausgelassen. Sicher gehen wir bei Gelegenheit wieder einmal tanzen.

Adventzeit und Basteln

An einem schulfreien Nachmittag in der Adventszeit war das Wetter unlustig. Deshalb durften meine Kinder alle ihre Freunde mitbringen, um bei uns zu basteln. Im Garten holte ich einige Zweige von unseren Tannen. Diese legte ich auf den Stubenboden, als Vorbereitung für Weihnachts-Gestecke. Auch holte ich Tannzapfen, Kerzen, Weihnachtskugeln und farbige Bänder, um dekorative Maschen zu binden und dazu noch Silberfäden. Dies konnte ich alles vorbereiten, damit, wenn die Kinder kamen, wir uns gleich in die Arbeit stürzen konnten. Sonst würden ihnen ja nur Dummheiten einfallen beim Warten.

Nun kamen viele Kinder, die ganze Stube war voll. Ich hatte genügend Zeit, um ihnen beim Zusammenstellen und beim Weihnachts-Gesteck zu helfen. Ich kaufte genügend grünen, synthetischen Schwamm und hatte diesen in kleinere Würfel zerschnitten, damit man von der Seite her die kleinen Tannzweige hineinstecken konnte. Auch zeigte ich ihnen, wie sie vorgehen können und jedes Kind konnte selber wählen, wie und was sie kreieren wollten. Ich war erstaunt, wie so kleine Kinder derartig schöne Gestecke machen konnten und mit welchem Eifer sie dahinter waren. Ja manche fertigten sogar fünf Gestecke an. Das einzige Problem war nun, wie wir alles transportierten. Einige Kinder wurden von den Müttern abgeholt und andere begleitete ich mit Hilfe von meinen drei Kindern nach Hause. Es war ein sehr strenger Nachmittag, dafür ein sehr erfüllter, und ich konnte damit viele Kinder glücklich machen. Aber speziell meine drei waren stolz und ich damit. Marco, wie auch die kleine Rahel, hatten wirklich sehr schöne Gestecke kreiert und brauchten nicht einmal meine Hilfe. Nur die ganz kleine Gabriella, brauchte mich und war diesen Rummel nicht gewohnt.

Partei LDV

Mit der Zeit befreundeten wir uns mit dem Architekten B. Bendel. Einmal hatte ich Gelegenheit mit ihm unter vier Augen über den «guten Vorschlag» zu sprechen. Auch er machte sich Gedanken darüber. Ich achtete B. Bendel sehr, und natürlich gab ich ihm meine Stimme.

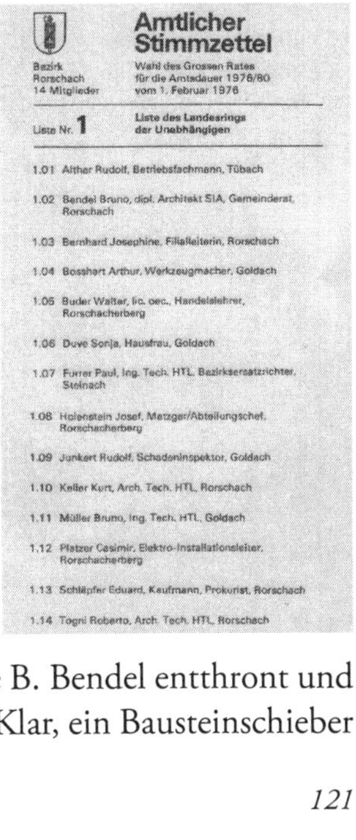

Amtlicher Stimmzettel

Bezirk Rorschach
14 Mitglieder

Wahl des Grossen Rates
für die Amtsdauer 1976/80
vom 1. Februar 1976

Liste Nr. 1

Liste des Landesrings
der Unabhängigen

1.01 Alther Rudolf, Betriebsfachmann, Tübach

1.02 Bendel Bruno, dipl. Architekt SIA, Gemeinderat, Rorschach

1.03 Bernhard Josephine, Filialleiterin, Rorschach

1.04 Bosshart Arthur, Werkzeugmacher, Goldach

1.05 Buder Walter, lic. oec., Handelslehrer, Rorschacherberg

1.06 Duve Sonja, Hausfrau, Goldach

1.07 Furrer Paul, Ing. Tech. HTL, Bezirksersatzrichter, Steinach

1.08 Holenstein Josef, Metzger/Abteilungschef, Rorschacherberg

1.09 Junkert Rudolf, Schadeninspektor, Goldach

1.10 Keller Kurt, Arch. Tech. HTL, Rorschach

1.11 Müller Bruno, Ing. Tech. HTL, Goldach

1.12 Platzer Casimir, Elektro-Installationsleiter, Rorschacherberg

1.13 Schläpfer Eduard, Kaufmann, Prokurist, Rorschach

1.14 Togni Roberto, Arch. Tech. HTL, Rorschach

B. Bendel wurde gewählt. Jedoch war er nicht immer einverstanden mit Dr. Jäger. Auch ich hatte das Gefühl, Dr. Jäger habe manchmal Schnapsideen. Ich kann mir vorstellen, dass B. Bendel einige Meinungsverschiedenheiten durchstehen musste.

Zwei Monate nach der Wahl wurde B. Bendel entthront und durch den banalen R. Alther ersetzt. Klar, ein Bausteinschieber ohne eigene Meinung ist genau das Richtige für Dr. Jäger. Dieser Dr. Jäger veranlasste über eine andere Partei, dass B. Bendel hinausgeworfen wurde.

B. Bendel würde zur Hälfte im Kanton Appenzellerland wohnen, obwohl sein Wohnhaus auf St. Galler Boden stand. Hingegen nur weil der Kaninchenstall im anderen Kanton ist, wurde diese total falsche Anschuldigung in der Zeitung veröffentlicht. Hoffentlich gab es genügend Leute die B. Bendel kannten und auch sein Terrain, und denen es aufgefallen war, dass dies kein Grund sein kann, um nicht ein guter Politiker zu sein.

Ich hingegen hatte in diesem Moment genug von so einer schmierigen Politik und gab den Austritt. Bruno aber bemühte sich weiter mit Kandidieren.

Sekretärin

Bruno musste an eine wichtige Versammlung fürs Geschäft. Dazu wollte er sich bei seiner Sekretärin für gute Zusammenarbeit bedanken und eine Anerkennung zeigen. Für sie musste ich eine grosse Schachtel Praliné kaufen.

Es war am Donnerstag, den 12. Februar, wo ich für Brunos Sekretärin das Geschenk besorgte. Ich nahm mir Mühe, es zum Schenken schön einzupacken. Mit einem breiten Band machte ich eine grosse Maschenrosette, so wie ich es in der Konditorei-Schule gelernt hatte.

Nun war am Freitag diese wichtige Besprechung mit anschliessendem Konzert. Aber nicht für mich, nur für Leute vom Geschäft.

Für Bruno legte ich die schöne Kleidung sorgfältig hin aufs Bett, damit er sich anständig kleidete, und dabei machte es mich sehr traurig. Wie gerne würde ich auch wieder einmal in ein Konzert gehen und mich schön anziehen. Ich, die Frau von Bruno, hätte eigentlich fürs Konzert auch eingeladen werden sollen. Also äusserte ich mich und sagte Bruno: «Auch ich hätte gerne einmal eine Anerkennung.»

Aber schon erhielt ich die frustrierende Antwort: «Die hast du ja jeden Tag.»

Er nahm die Schachtel und ging. Irgendwie merkte ich, dass dies nicht nur eine Geschäftsangelegenheit war.

14. Februar, Samstagabend, zog sich Bruno plötzlich an und ging in den Ausgang – alleine. Ich war ganz verwundert und wollte auch mit, er aber hatte eine dumme Ausrede und sagte: «Du wolltest nie am Samstag ausgehen.»

«Ja aber nur zum Tanzen gehe ich nicht gerne am Wochenende, weil dann alles überfüllt ist von Nichttänzern. Sonstwohin bin ich jeden Tag immer dabei.»

Das war Bruno völlig egal und schon war die Tür zu.

Später erfuhr ich, dass man ihn im Theater gesehen hatte. Dies war empörend für mich, nachdem der Psychologe Bruno empfahl, mich ins Theater oder sonst wohin auszuführen. Doch was tat Bruno nicht lieber, als mich zu kränken. Für was bin ich eigentlich da? Am besten, ich verlasse diese Welt.

Brief für Trennung

Am Montag bekam ich einen eingeschriebenen Brief von Bruno, datiert mit 13. Februar 1976.

So schrieb er mir:

Wir trennen uns, um aus Distanz Klarheit über die Zukunft, unsere Wünsche, Vorstellungen und Möglichkeiten zu erhalten.

Wir sind uns bewusst, dass dieses Experiment sehr gefährlich ist, zur definitiven Entzweiung führen könnte, sehen aber keine andere Möglichkeit, im Moment eine gemeinsame Basis zu finden.

Wir versprechen uns, aus dieser Trennung keinerlei gegenseitigen Vorwürfe, Anschuldigungen, Vernachlässigung, Untreue etc. abzuleiten.

Wir versprechen uns ausserdem, dass, wenn eines es als persönlich notwendig erachtet, oder allein nicht zu bewältigende Schwierigkeiten hat, eine sofortige Zusammenkunft vereinbart wird.

Ich verpflichte mich als Gatte, mindestens bis zu einer definitiven Trennung, die vollen finanziellen Verpflichtungen, wie auch die Kosten dieser Trennung zu übernehmen.

Wir wollen beide diese Abmachungen nur unter uns behalten, höchstens gemeinsam mit einer neutralen Drittperson besprechen.

Dann kam er und zeigte mir einen Fackel, wo er eine Liste gemacht hatte mit seinen Ideen und eine Aufzeichnung wie im Geschäft:

Bruno meine Probleme	Deine Probleme Lea
a) Mehr gemeinsame Unternehmen	
b) Mehr Zärtlichkeit	
c) Gute Gespräche führen	
d) Wichtige finanzielle Entscheidung	
e) 2 x pro Woche ins Konzert	
f) Unsere Probleme nicht für Dritte	
g) Verzicht auf gänzliche Vergnügen zum Volleinsatz im Beruf	

Diese Vorschläge von Bruno zeigten mir, welche Falschheit dahintersteckte. Aber was wollte er noch mehr von mir wissen, oder hoffte er noch mehr zu erfahren, um mich noch mehr zu quälen? Oder wollte er versuchen, dass ich ihn nicht anzeigen und er seiner freien Liebe nachgehen könne? Denn das Gesetz ist immer noch sehr hart mit Untreue für Frauen. Hingegen wusste er nicht, dass ich froh war, ihn nicht zu sehen, denn nur schon wenn er zur Wohnungstür hereinkam, wurde mir bereits übel.

Hallenbad

Am 21. Februar, Samstagabend, ging ich schon früh und todmüde ins Bett, ich konnte sogar bis 8.00 Uhr morgens herrlich schlafen. Zu meinem grossen Erstaunen hatte Bruno bereits angefangen, das Frühstück zuzubereiten, aber nur weil er im Sinn hatte, früh morgens mit den Kindern ins Hallenbad zu gehen, und ohne mich mitzunehmen. Das machte mich stutzig. Also wusste ich, er ist verabredet und vermutlich mit seiner Sekretärin. Als ich aus dem Badzimmer kam, war er gerade am Telefonieren und ich hörte ihn sagen: «Also um 9.00 Uhr.» Dann hängte er schnell auf.

Ich war empört, dass er seine Geliebte treffen wollte und dazu noch unsere drei Kinder mitnahm. Er antwortete mir mit dem Vorwand: «Du wärst ja sowieso nicht mit ins Hallenbad gekommen und ich gehe alleine mit den Kindern, damit du entlastet bist.»

Was für eine unverschämte Lüge!

Im Haus alleine hielt ich es nicht mehr aus und schlenderte herum bis 18.00 Uhr. Zur richtigen Zeit wollte ich das Nachtessen für meine Familie auf den Tisch stellen. Dann wartete ich lange und dementsprechend machte ich mir Gedanken.

Bruno aber kam mit den Kindern erst kurz vor 20.00 Uhr nach Hause. Essen brauchten sie nicht mehr, weil sie grosszügig in einem schönen Restaurant gegessen hatten. Klar, solch eine Ausgabe würde sich Bruno mit mir zusammen nie leisten.

Am anderen Tag erzählte mir Rahel von einer Tante Erika, aber nicht von unserer Cousine Erica. Mit ihr gingen sie sehr fein essen. Auch hätte Tante Erika jedem ein T-Shirt geschenkt.

So etwas Geschmackloses, mit einem verheirateten Mann, zudem noch die Kinder mit hineinzuziehen. Also hiess die Sekretärin Erika, und ich wusste, dass sie viel jünger war als ich, aber bereits zwei grössere Buben hatte. Wer weiss, wo sich die beiden Buben während dieser Zeit herumgetrieben?

Als die Kinder im Bett waren und schliefen, sprach ich mit Bruno und sagte: «Wie geschmacklos! Du gehst mit unseren Kindern ins Hallenbad, um deine Geliebte zu treffen. Danach lungerst du noch mit ihnen herum. Zu allem Überfluss wagst du, diese fremde Frau zum Essen in ein schönes Restaurant einzuladen, obwohl die Kinder wissen, dass Mami zu Hause mit dem Essen wartet. Obendrein lügst du die Kinder an und nennst diese Frau einfach Tante Erika. Der Höhepunkt ist, dass du die Kinder aufforderst, sie sollen Mami diese Frau verheimlichen. Was tust du den Kindern an? Nun, wegen mir, Sex hast du jetzt auswärts, und von nun an rührst du mich nicht mehr an, sonst zeige ich dich an!»

Als Bruno am Montagabend nach Hause kam, läutete das Telefon. Ausgerechnet er wollte es abnehmen und komisch, er schloss hinter sich die Türe. Als Bruno zurückkam, fragte ich ihn: «Wer hat angerufen?»

Da kam eine absurde Antwort: «Das ist ja egal, du sagst es mir auch nicht.»

«Und das soll eine Antwort sein?»

Fastnacht mit Heidi

Ich wollte wieder einmal auf einen Masken-Ball. Heidi holte mich ab und sagte: «Nun kommst du mit mir an den Ball, und wenn Bruno dich nicht gehen lässt, werde ich einmal so richtig ausrufen und ihm die Meinung sagen.»

Dies war gar nicht nötig, weil Bruno an diesem Abend nicht nach Hause kam.

Am Ball traf ich sehr schnell einen netten, guten Tänzer. Er war mit seinem Freund in Begleitung und sie luden mich an ihren Tisch ein. Da Heidi sowieso mit anderen Herren beschäftigt war, willigte ich ein. Beide Herren waren sehr liebenswürdig zu mir. Der eine nannte sich Roland und der andere Otto. Roland war der hübschere, aber sehr steif. Otto gefiel mir besser, vor allem weil er besser tanzte. Er fragte, ob ich die folgende Woche ins Appenzellerland zum Ball komme, er werde wieder mit Roland dort sein. Als die Musik zu spielen aufhörte, suchte ich Heidi, um sie nach Hause mitzunehmen. Aber sie war von einem Herrn eingeladen, der sie nach Hause führte. Also verabschiedete ich mich und fuhr alleine nach Hause.

Als Heidi wieder mit ihren Kindern zu mir kam, hatten wir uns gegenseitig viel zu erzählen, was wir am Ball alles erlebt hatten. Das war schön, weil ich mich nochmals erinnern konnte an die fröhlichen Stunden und mich in eine ganz andere Welt versetzt fühlte.

Nun fragte ich Heidi, ob sie mitkomme an den Ball im Appenzellerland. Für Heidi war dies sowieso klar, dass wir zusammen wieder auf den Ball gehen werden. Bruno würde hoffentlich wieder fort sein, um mich nicht zu hindern. Andernfalls würde Heidi ihm schon die Meinung sagen.

Also machten Heidi und ich uns schön für diesen Faschings-Ball und es ging los. Otto und Roland warteten bereits. Ihnen stellte ich Heidi vor. Natürlich hatte sie schnell wieder ihre Verehrer. Meinerseits erlebte ich nochmals einen so schön Abend zusammen mit den zwei Herren.

Marco 3. Klasse

Wieder war ein Schuljahr vorbei und wieder sagte dieselbe Lehrerin: «Marco ist einfach zu jung und zu undiszipliniert, um in die dritte Klasse aufzusteigen. Er kann nicht ein einziges Mal nach vorne zur Wandtafel kommen, ohne nicht über die eigenen Füsse zu stolpern, oder die Mädchen an den Zöpfen zu zerren, oder die Schürze aufzureissen, damit die ganze Klasse lacht und unruhig wird.»

«Ich kann mir dies gut vorstellen, dass Marco den Hampelmann spielen will, oder auf sonst eine Art Aufsehen erregen möchte. Ich glaube kaum, dass es wegen seinem Alter ist, sondern er ist einfach ein Lausbub. Müsste er die Klasse wiederholen, wird er den anderen viel zu überlegen sein und würde sich noch wichtiger fühlen, um noch mehr anzustellen.»

Nun war die Lehrerin wieder gleicher Meinung und liess Marco in die dritte Klasse aufsteigen.

Brunos Eskapaden

Es war Mittwoch, den 8. März, als Bruno zur Arbeit ging und das Haus verliess, rief er statt tschüss «Vermutlich schlafe ich heute bei meinem Bruder in Winterthur.»

Für mich klang dies sonderbar. Ich konnte mir denken, was dieser Mensch sich erlaubte.

Später kam Heidi wieder mit ihren Kindern zum Kaffee, um mir ihre Neuigkeiten zu erzählen und was sich Bruno erlaubte. Bruno möchte auswärts schlafen, doch sicher nicht bei seinem Bruder. Nein, Heidi erzählte nun: «Bruno hatte mich eingeladen, in ein schönes kleines Zimmer, um dort mit ihm schlafen zu gehen. Gerne wäre ich einmal mit ihm hingegangen, nur um zu sehen wie es aussieht.»

So wie ich Heidi kannte, ging sie vermutlich mit ihm dorthin.

Am Donnerstag, 9. März, reiste Bruno nach Paudo für ein verlängertes Wochenende. Vermutlich nahm er seine verheiratete Sekretärin mit. Es ist unerhört, was er sich erlaubte, aber ich war wenigstens für diese Tage von ihm erlöst.

Ovomaltine

Da die Kinder Ovomaltine nicht nur in die Milch, sondern auch noch haufenweise aufs Brot streuten, weil sie dies irgendwo gesehen hatten, kaufte ich eine Zeitlang keine Ovomaltine mehr. Bruno befahl mir, sofort wieder Ovomaltine auf den Tisch zu stellen. Also probierte ich es nochmals und kaufte wieder eine Büchse. Zum Frühstück stellte ich diese auf den Tisch und sagte: «Aber diese Ovomaltine ist nur für die Milch.»

Klar war dies den Kindern bewusst, auch dass Papi mich zurechtgewiesen hatte, wenn sie wieder löffelweise Ovomaltine aufs Brot aufhäuften, war es bei Papi ja entschuldigt.

Aber was wird in den Kinderköpfen vorgehen, wenn sie im Unterbewusstsein genau wissen, dass es nicht korrekt ist?

Als die kleine Gabriella die Ovomaltinebüchse sah, griff sie gleich danach und schüttete es aufs Brot. Natürlich in ihrer Hast und demonstrativer Handlung, streute sie viel zu viel aus und sogar noch über den Teller hinaus auf den Tisch. Sie wusste genau, wenn Papi am Tisch sitzt, ist alles Dumme erlaubt und Mami ist dann die Schuldige.

Meinerseits hatte ich mir abgewöhnt, mich irgendwie noch zu äussern, wenn Bruno am Tisch sass, weil er sowieso Freude hatte, mich vor den Kindern schlecht zu machen und mich zu demütigen. Klar war das für Bruno wieder Wind ins Feuer und er nahm sich die Frechheit und sagte: «Du musst den Kindern behilflich sein und helfen, dass sie die Ovomaltine löffelweise in die Tasse tun, für das bist du da.»

Darauf hin fragte ich ihn: «Warum soll immer ich die Schuldige sein? Benimmst du dich auch so bei der Erika?»

Darauf hin stand er auf und sagte: «Ich bin heute Nacht nicht da.»

Ist dies das Vorbild für die Kinder? Dabei musste ich an diesen Spruch denken:

Im Hause soll beginnen, was leuchten soll im Vaterland.

Am Freitag, 12. März, kam Bruno und sagte hochtrabend: «Von nun an will ich ein- bis dreimal pro Woche auswärts schlafen.»

Aber zum Essen wollte er heimkommen. Sicher nur um Geld zu sparen und damit ich mehr Arbeit hatte. Zu allem Unheil doch nur, um die Kinder gegen mich aufzuhetzen. Das war alles, was er noch konnte. Wie primitiv! Was sollte ich nun tun, wenn Mutti, meine einzige Kontaktperson war und sie sogar Bruno vergötterte?

13. März. Nach gründlicher Überlegung erklärte ich Bruno: «Wenn du mit deiner Sekretärin ein intimes Verhältnis hast, werde ich nun auch einen Freund haben und ich garantiere dir nicht, dass da nicht auch etwas mehr daraus werden kann.»

14. März. Bruno telefonierte mit seiner Geliebten. Sodass die Kinder dieses Liebesgespräch mithören mussten. Nun wurde ich sehr wütend und erklärte Bruno: «Dies ist nun des Guten zuviel! Kannst du nicht etwas diskreter in Gegenwart der Kinder sein? Für solche Gespräche gibt es in der Post ein Telefon zum Benutzen.»

Dies machte ihm überhaupt keinen Eindruck und er diskutierte weiter. Als nun das Liebesgespräch 15 Minuten andauerte, sagte ich es so laut, dass man es am anderen Ende des Drahtes auch hören musste: «Jetzt ist aber genug.»

Dann wurde die Plauderei zu einer halben Stunde. Endlich sagte ich deutlich und laut: «Das ist nun dicke Post! Ich habe das Gefühl, dies ist nicht nötig, wenn man sich schon den ganzen Tag gesehen hatte und Ihr morgen früh schon wieder beisammen seid.»

Später war es bereits dreiviertel Stunde, als ich ganz laut sagte: «Wollt ihr mich wirklich provozieren? Das finde ich die Höhe!»

Er aber erwiderte: «Sei still, was muss sie von dir denken.»

«Natürlich ist es mir egal, was sie von mir denkt, aber ich finde das so etwas Unerhörtes und schon morgen kannst du sie sehen und nicht in meinem Haus telefonieren, wo obendrein die Kinder mithören müssen.»

Als er nach einer Weile zu mir ins Zimmer kam, sagte er: «Das war ganz primitiv von dir, am liebsten würde ich gerade zu ihr gehen.»

Sehr bewusst antwortete ich: «Dann geh doch!»

Tatsächlich ging er. Ich konnte nicht begreifen, wie jemand sich so dumm benehmen konnte, und dies vor den Kindern, die zwar scheinbar nichts verstanden, aber sie fühlten es doch.»

Otto und Roland

Dienstag, 16. März. Weil Bruno so eifersüchtig war, fand ich es besser, dass er Otto und Roland kennenlernte. Damit Bruno nicht ausflippte, falls uns einmal einer von den Herren auf der Strasse begegnen würde, sonst würde Bruno mir wieder eine unmögliche Szene machen.

Sicher war es besser, diese zwei netten Herren einzuladen, um sie mit meinem Mann bekannt zu machen. Doch Bruno benahm sich sehr ruppig und begrüsste sie murrend. Er wusste nichts zu sagen, deswegen zog er sich gleich zurück und ging in den Ausgang, vermutlich zur Freundin.

Ich war beleidigt, mich alleine zu lassen mit unserem Besuch, aber unter solchen Umständen war es mir lieber. Schlussendlich war der Abend viel gemütlicher ohne den mürrischen Bruno. So bekam ich zwei gute Freunde, die meine Situation verstehen konnten.

Im Grunde wollten Otto und Roland mir nur einen Gefallen tun. Aber nun, unter diesen Umständen, luden sie mich für ein andermal zu einem Kaffee ein, wo es für mich viel angenehmer war.

Roland erzählte von der Schweizergarde in Rom, und dass er selber Gardist war. Es gefiel ihm sehr gut dort. Als unschuldiger, braver, fast noch ein Bub, kam er nach Rom. Leider ist er dort verdorben worden. Damals gab es noch die «Roten Laternen» in Italien, dorthin wurde er mitgeschleppt und dort gab es Orgien. Er bekam Freude an diesen Frauen.

In der Schweizergarde war er beliebt und er wurde zum Korporal gewählt. Leider wurde verlangt, dass er von nun an die Frauen in Ruhe lassen musste, aber sich von nun an nur noch mit Männern betätigen dürfe. Roland konnte sich so etwas nicht vorstellen. Da standen ihm die Haare zu Berge. Dies kränkte ihn so sehr, dass er der Schweizergarde den Rücken zudrehte und zurück in die Schweiz reiste. In seiner Heimat machte er eine Juwelierausbildung und eröffnete ein eigenes Geschäft.

Italienisch-Kurs

Ich hatte bereits an Selbstbewusstsein gewonnen und glaubte nun fähig zu sein, einen Sprachkurs zu besuchen. All die Jahre konnte ich Giancarlo nicht vergessen, besonders weil ich keinerlei Zärtlichkeit erhalten hatte, und nur die täglichen sexuellen Schmerzen kannte. Gott sei Dank hatte Bruno akzeptiert, mich in diesem Fall nicht mehr zu berühren. Wenigstens dies war mir gelungen. Vielleicht ging die Ehe von Giancarlo auch nicht nach Wunsch, und ich könnte eventuell wieder mit ihm zusammenkommen. Dann wäre es gut, ich könnte perfekt Italienisch.

Also startete ich im Italienisch-Sprachkurs für Fortgeschrittene. Es machte mir unheimlich viel Freude. Ich fühlte mich in einer anderen Welt. Zudem nahmen wir die Oper Nabucco von Giuseppe Verdi durch, mit teilweise sehr anspruchsvollen Texten. Danach waren wir alle einverstanden, zusammen in St. Gallen die Oper zu besuchen, wo Nabucco in der Originalsprache aufgeführt wurde. Oh, das war so fantastisch, wir konnten den Gesang gut verstehen und die Oper so richtig geniessen.

In der Club-Schule ging ich jeweils in der Pause ins Club-Restaurant mit meinen Kollegen. Plötzlich begrüsste mich jemand. Es war Otto, der auch einen Kurs besuchte. Ich war überrascht, ihn wieder zu treffen und zwar konnten wir uns nun jede Woche in der Pause sehen. Schön!

Ich bekam immer mehr Zutrauen zu Otto und erzählte ihm, wie es in meiner Ehe wirklich aussah. Er war entsetzt und riet mir, mich sofort scheiden zu lassen. Aber das ging doch nicht, wenn man in der Kirche geheiratet hatte.

Otto war jedes Mal so nett zu mir, dass ich mich verliebte und mich dafür schämte. Aber ich konnte nichts dagegen tun, besonders nicht, wenn er mich tröstete und mich zärtlich in die Arme nahm. Dann erzählte er: «Auch ich bin in einer Ehekrise und weiss im Moment nicht, was ich machen muss. Gerne hätten wir Kinder, aber wir haben noch keine bekommen und meine Frau ist älter als ich.»

Ostern 1976

9. April. Bruno ging mit Marco und Rahel für zwei Wochen nach Paudo in die Ferien. Gabriella konnte er nicht gebrauchen und liess sie bei mir. So konnte ich mich um Gabriella alleine kümmern und mich ein bisschen erholen.

Umbau vom Elternhaus

Es herrschte Rezession, vor allem in der Baubranche. Da dachte Bruno, man könnte das Haus etwas anders gestalten. Vom Esszimmer könnte man eine Türe hinaus zum Garten machen und Platten legen für eine Terrasse. Das leuchtete mir ein und dies konnte man machen.

Aber Bruno wollte noch viel mehr. Der Sitzplatz an der Hausecke unterm Dach, wo an der Ecke eine runde Säule war, gab dem Haus einen gewissen Stil. Bruno aber wollte den Sitzplatz zumauern und nach innen verlegen, damit das gemütliche Stübli grösser wurde.

Mir und meinen Eltern gefiel dieses Haus sehr gut, genau weil die Sitzecke dem Haus einen bestimmten Charakter gab. Nun, mit dem Versetzen der Hausmauer, wurde das Haus ein gewöhnliches, rechteckiges. Mir passte dies gar nicht. Es war mein Elternhaus und niemand wurde je gefragt. Bruno organisierte und es wurde gebaut nach seinem Wunsch. «Verkitten und malen werden wir selber», sagte er. (Vermutlich bleibt die Arbeit bei mir stecken.)

Nun fingen die Bauarbeiten an und es ging relativ schnell voran. Aber für den Terrassenplatz musste eine Mauer im rechten Winkel gebaut werden. Bruno hatte dies so eng geplant, dass ich den Maurer bitten musste, vom Winkel her abzureissen und den Winkel mindestens doppelt soweit hinaus zu versetzen. Klar musste noch mehr Baumaterial hergebracht werden, ohne dass Bruno gefragt wurde. Er war sehr wütend über mich, als er feststellen musste, dass ich mich eingemischt hatte. Aber schliesslich war es mein Elternhaus und Mutti verlangte nicht einmal die Miete von Bruno.

Bauarbeiten

Bruno war meistens mit Anderem beschäftigt, statt mir zu helfen. So war ich immer alleine, um unser Wohnzimmer wieder bewohnbar zu machen. Täglich arbeitete ich bis spät in die Nacht. Auskitten und Schleifen sind wirklich Männerarbeit. Nun musste ich diese Arbeiten machen, oder auf Bruno warten, der immer eine Ausrede fand. Unerhört! Dann kam die schönere Arbeit, das Malen, aber mit den Kindern um mich herum, war es zu gefährlich. Bruno sollte mir schlussendlich helfen. Sicher würde ich diese ganze Arbeit nicht alleine verrichten, da alle vier Wände zweimal gestrichen werden mussten.

Endlich versprach mir Bruno: «Ganz sicher, am Samstag habe ich Zeit um gemeinsam das Wohnzimmer zu malen.»

Anfangs Monat rutschte Mutti in der Badewanne aus. Sie fiel so dumm, dass sie das Bett hüten musste und sich nur mit zwei Stöcken bewegen konnte. Deswegen ging ich auch noch jeden Tag zweimal nach Rorschach, um ihr Essen zu bringen und das Nötigste zu verrichten.

Weil ich mich schämte, so einen Mann geheiratet zu haben, zeigte ich mich auch immer von der guten Seite bei meiner Mutti. Trotz allem! Nun aber wollte ich endlich Dampf ablassen. Auch wollte ich Mutti wachrütteln, weil Bruno über ihren Kopf hinweg einfach das Haus ummodelte. Zudem war Mutti so blöd, und liess Bruno mit uns gratis im Haus wohnen. Mutti hatte aber für alles einfach taube Ohren.

Als ich anfing, mich zu beklagen, wie Bruno mich behandle, fiel sie mir sofort ins Wort, klopfte mit dem Finger auf den Tisch und sagte so energisch: «Du bist verheiratet und jetzt endlich musst du mal deinem Mann gehorchen.»

Das hätte ich mir nicht träumen lassen und für mich war es ganz schlimm. Was sollte ich nur machen? Zu wem konnte ich gehen? Papa war tot und ich ohne Geschwister, dazu lebte meine beste Freundin in England und war mit ihrer Familie sehr beschäftigt. Ich muss einfach weiterhin in diesem dunklen Loch in meiner Ohnmacht hocken. Oder noch besser mir einfach das Leben nehmen.

Wohnzimmer malen

Nun war es der Samstag, der 22. Mai, wo Bruno mir versprochen hatte, Zeit zu haben, um gemeinsam das Wohnzimmer zu malen. Ich hatte alles gut vorbereitet, für den angenehmeren Teil, um mit dem Malen schnell vorwärts zu kommen.

Nun hoffte ich, Bruno mache sich hinters Malen nach dem Brunch. Aber nein, er ging einfach in den Garten und sonnte sich im Liegestuhl. Also tat ich dasselbe. Dann ging er ins Haus und telefonierte: «Kommst du an den See?»

Diese Worte konnte ich genau hören. Darauf kam er in den Garten und gab mir folgenden Bescheid: «Ich gehe jetzt zum Architekten und die Kinder bringe ich zur Mutter, damit du malen kannst. Die Kinder holst du dann am Abend.»

Entsetzt fragte ich ihn: «Warum fängst du nicht mit Malen an? Und warum kannst du nicht die Kinder heimbringen, du wirst wohl zum Nachtessen hier sein?»

«Nein, ich weiss nicht, wie lange ich wegbleibe.»

Auf diese Weise verging mir das Malen. Ich fühlte mich sehr gekränkt und hatte eine riesengrosse Wut in mir. Als Bruno spät nach Hause kam, musste ich zum Überfluss auch noch die unverschämten Vorwürfe anhören. Dabei dachte ich nur, wie primitiv kann so ein Mensch sein.

Tagebuch Allerlei

Bruno war im Tessin in unserem Ferienhaus. Er wollte einige Arbeiten verrichten. Sonntagabend wollte er zum Nachtessen da sein. Er telefonierte am Nachmittag, und sagte: «Ich werde noch arbeiten und erst am Abend wegfahren, zwischen 22.00 und 23.00 Uhr bin ich zu Hause.» Er kam aber erst am Morgen.

Montagabend war LDU-Versammlung, wo er als Kandidat anwesend sein musste. Doch vorher musste er noch mit Erika telefonieren. Klar, es war ja nur um mich zu ärgern. Da reklamierte ich: «Das ganze Wochenende warst du mit ihr zusammen und heute den ganzen Tag mit ihr bei der Arbeit, und jetzt musst du ihr noch telefonieren. Schämst du dich eigentlich gar nicht?»

Darauf reagierte er mit Schlägen und schrie dabei: «Du telefonierst ja auch mit deinen Freundinnen.»

Am nächsten Abend richtete ich das Büchergestell wieder ein, das ich frisch poliert hatte. Bruno wiederum, um mich zu beleidigen: «Stell doch die Bücher nicht auf das unabgestaubte Tablar, man sieht schon, wie liederlich du bist.»

«Ich hatte es doch bereits frisch poliert.»

Darauf schimpfte er: «Nein, du tust überhaupt nichts, man muss dir alles sagen. Gib mir wenigstens einen Lappen, wenn du schon zu faul bist.»

Nun fragte ich: «Bist du überhaupt im Stande, etwas zu sagen, ohne immer ketzerisch zu sein?»

Dabei drückte ich ihm den Lappen in die Hand, im Falle er etwas zu tun gewillt war. Natürlich blieb Bruno schön sitzen, von Abstauben keine Rede.

Pfingsten und Ferien

Pfingsten wollten wir alle zusammen ins Tessin, um im Ferienhaus in Paudo, das verlängerte Wochenende mit den Kindern zu verbringen. Aber Bruno wollte plötzlich schon am Mittwoch mit den Kindern verreisen, damit ich mich alleine zu Hause erholen könne. Dies kam mir verdächtig vor und ich bat ihn, mir zu versprechen, dass er wirklich nur mit den Kindern alleine sei, und ihnen nicht zumute, noch mit einer fremden Frau zusammen zu sein. Bruno versprach es mir hoch und heilig.

Trotzdem war ich misstrauisch und ich fühlte mich aufgewühlt. Zu Hause alleine wollte ich nicht bleiben, und so fuhr ich mit meiner Freundin Matzi nach San Remo und besuchte meine italienischen Freunde.

Zu Hause war ich wieder aufgewühlt wegen Bruno, der sowieso seine eigenen Wege ging und mich nichts als erniedrigen wollte. Ich musste an die frische Luft, sonst hätte ich das Gefühl zu ersticken.

Nachdem ich die Kinder im Bett hatte, holte ich meine Mutti für einen Spaziergang, um in Altenrhein den Sonnenuntergang zu geniessen. Es war wirklich ein bezaubernder Sonnenuntergang, danach setzten wir uns noch ins Restaurant für einen Drink.

Zu Hause fragte mich Bruno: «Wo hast du herumgeflirtet?»

«Auf so eine primitive Frage kann ich nicht antworten. Fertig!»

Am folgenden Tag sagten die Kinder etwas von Tante Erika, die in Paudo war. Meine Vermutungen waren damit bestätigt. Allerhand, den Kindern so etwas zuzumuten. Trotzdem wunderte es mich, wie er dies anstellen konnte. Ganz verwundert fragte ich, als hätte ich keine Ahnung: «Wer ist denn die Tante Erika?»

Da sprudelte es nur so und meine drei Kinder erzählten: «Weisst Mami, die Tante Erika wartete auf der Autobahn und dort liess sie das Auto stehen und stieg in unseres. Dann kam sie mit uns nach Paudo.»

Weiter wollte ich wissen und fragte: «Wo konnte dann Erika schlafen, es gibt doch nicht so viele Betten in Paudo?»

Da kam die Antwort, wie vermutete: «Sie schlief bei Papi.»

«Das ist ja nicht möglich, wie wollt Ihr so etwas wissen?»

Worauf alle drei bestätigten: «Doch Mami, wir haben es gesehen, wir waren im Zimmer.»

Unerhört, dachte ich mir, was hatte Bruno nur diesen Kindern angetan. Als ich später Bruno zurechtweisen wollte, rastete er aus, und wie vermutet kam ein Platzregen von Verschmähungen. Was fiel Bruno ein, wenn er mit den Kindern zusammen war, noch seine Sekretärin mitzuschleppen, dazu noch zuzulassen, dass die Kinder sahen, wie die beiden im Ehebett kuscheln.

Wieder etwas, wie aus heiterem Himmel. Bruno, der immer zur Erika sprang, sagte: «Der Nachbar hat einen schönen Garten, du musst dir mehr Mühe geben.»

Dabei hatte er mir das ganze Jahr durch, nur volle Zweimal geholfen. Er riet mir: «Du musst eben viel mehr Gemüse pflanzen, damit du nicht zu jäten brauchst.»

«Was soll ich mit soviel Gemüse, wenn die Kinder lieber Früchte und Beeren essen?»

Daraufhin meinte Bruno sehr gelassen: «Du kannst trotzdem alles mit Gemüse anpflanzen und was übrig ist, bringe ich Erika, die kann alles gut gebrauchen.»

Frustriert

Eine Woche später machte Bruno mir viele falsche Anschuldigungen über alles Unmögliche. Ohne sich zu verabschieden verliess er das Haus. Natürlich wusste ich, dass er wieder zur Sekretärin sprang.

Aus lauter Wut musste auch ich irgendwohin gehen. Leider war es unmöglich in meinem Zustand an eine Unterhaltung zu gehen. Ich wusste aber, dass Heidi Nachtwache in der Klinik hatte. Also ging ich, um ihr Gesellschaft leisten und dabei meine Wut abzulassen.

Gegen zwei Uhr morgens wurde ich etwas ruhiger und ging nach Hause. Bruno war sogar daheim und im Bett. Er war total verwundert, dass ich mich aus dem Haus gewagt hatte und fragte vorwurfsvoll: «Wo warst du?»

Stolz sagte ich: «Ich habe das Gefühl, unter diesen Umständen bin ich dir keine Rechenschaft schuldig.»

Worauf er auf mich los ging, mir die Brille herunter riss. Ich wollte zur Tür hinaus, aber er erwischte mich und schleuderte mich aufs Bett. Immer noch gab ich ihm keine Erklärung als: «Ich bin schliesslich nach Hause gekommen zum Schlafen.»

Dann schleuderte er mich nochmals aufs Bett und schlug meinen Kopf gegen die Bettstatt und traktierte mich so, dass ich Andenken hatte am Auge und an den Beinen. Zudem wollte er sich noch sexuell befriedigen, nachdem er sowieso bei seiner Freundin gewesen war.

So ein Ekel! Ich werde mir das Leben nehmen, aber soll ich meine drei Kinder einer anderen Frau überlassen? Ich fühlte mich so verlassen und auf diese Art konnte und wollte ich nicht mehr leben.

Mein Ausgang

Bruno verbrachte schon zwei Nächte auswärts. Es war Samstagabend, am 5. Juni. Nun dachte ich, wenn meine drei Kinder im Bett sind, könnte ich Mutti besuchen und mit ihr gemeinsam einen TV-Film ansehen. Aber genau diesen Abend blieb Bruno zu Hause. Er hatte keine Lust zum auswärts Schlafen und schon gar nicht, meine Mutti zu besuchen. Er zwang mich zu Hause zu bleiben. Vermutlich, hatte er doch Bedenken, weil mich einmal ein Herr auf der Strasse begrüsst hatte, den Bruno nicht kannte. Damals wollte er genau wissen, von wo und weswegen etc. ich diesen Mann kenne. Auch wusste er ja nicht, wo ich vorherige Nacht gewesen war.

Am folgenden Tag waren die Kinder beim Nachbarn eingeladen zum Abendessen. Für Bruno hatte ich den Tisch gedeckt. Ich trank etwas Kaffee und leistete ihm Gesellschaft währenddem er ass. Dabei wurde kein einziges Wort gewechselt. Sowieso besser für mich, denn was hätte ich sonst hören müssen?

Nachher holte ich die Kinder nach Hause. Bevor sie zu Bett gingen, räumte ich mit ihnen das Zimmer auf.

Bruno las die Zeitung. Aber weil es ziemlich spät wurde, fragte ich trotzdem Bruno: «Bitte könntest du für heute die Kinder ins Bett bringen? Denn ich möchte rechtzeitig fortgehen.»

Klar fragte er, wohin ich gehen wollte, und ich antwortete genauso und mit denselben Worten, welche ich öfters hören musste: «Ich gehe nicht mit Matzi, aber du kennst ja die Leute sowieso nicht.»

Dann verliess ich das Haus und wusste, dass er einmal kochte vor Wut. Aber ich ging ja in den Kurs und brauchte auch zwischendurch Luft, dabei probierte ich, mich zu entspannen.

Erziehen mit Gleichnissen

Die Kinder wurden grösser und verständiger. Nun probierte ich, sie mit einem Gleichnis zu anständigen Menschen zu erziehen. Der Persönlichkeits-Kurs hatte mir sehr geholfen, und nun kam mir Folgendes in den Sinn, was ich meinen Kindern erzählte mit entsprechenden Gesten: «Wirft man einen Stein mitten in den Bodensee, so entstehen Wellen, die sich kreisförmig weiterbewegen, bis sie schliesslich irgendwo anstossen. Von dort kehren sie wieder zum Ausgangspunkt zurück. Der Bodensee ist langgezogen von Bregenz bis Konstanz, wo die Wellen lange brauchen bis sie an Land stossen und wieder zurückkehren. Aber zwischen Rorschach und Lindau ist es näher und die Wellen kehren viel schneller zurück. Doch werden sie immer an denselben Punkt zurückkehren.

Das Gleiche geschieht mit den positiven und negativen Taten, aber auch alleine schon mit den Gedanken. Was hinausgeht, kommt immer früher oder später zu denjenigen zurück. Deswegen soll man sich immer im Positiven üben.

Hingegen heisst das nicht, die Augen vor der Welt zu verschliessen, sondern die Augen immer offen halten so gut man kann, die Gefahren möglichst früh zu erkennen und vorsichtig sein Leben zu bestreiten.»

Ich hoffte, dass die Kinder sich an dieses Gesetz hielten. Von meinen negativen Erfahrungen her, wollte ich meine Kinder einfach christlich gut und dem Kosmos gerecht erziehen. (Kosmos ist Ordnung und heisst für mich Gott. Chaos ist Unordnung und heisst für mich Teufel.)

Brunos Familie sind Stündeler, aber er hatte bei deren Versammlungen nicht mehr mitgemacht. Somit war es kein Problem, uns katholisch trauen zu lassen und natürlich wurden unsere Kinder auch katholisch getauft. Meine Mutti war protestantisch, hat mich aber katholischer als katholisch erzogen. Das war auch nicht gut, vor allem wurde unser Eheproblem dadurch noch gesteigert.

Diverses aus dem Tagebuch

Es war Sonntag, 6. Juni. Ein guter Tag zum Segeln. Mit unseren Kindern ging's los zum Bootshafen. Da ich früher öfters Papas Motorboot steuerte, fuhr ich wieder einmal das Boot. Per Motor zum Hafen hinaus und entlang der 100 Meter langen Pfahlwand, welche bei Altenrhein zum offenen See hinausführt. Erst draussen im See spannten wir das Segel auf.

Also sass ich am Steuer. Viele Schiffe fuhren an der Pfahlwand ein und aus. Ich fuhr von der Mitte her rechts, so wie ich das von Papa gelernt hatte. Ein Schiff überholte uns links. Bruno wurde wütend und rief mir zu, ich solle mehr links, ja dreimal mehr links fahren, sonst landeten wir in der Pfahlwand. Ich beruhigte ihn und erklärte, dass wir immer noch drei bis vier Meter von der Pfahlwand entfernt seien und ich könne unmöglich noch mehr nach links fahren. Darauf beschimpfte Bruno mich mit Worten, welche ich in meinem Elternhaus, nicht einmal von unseren Angestellten hörte, und dies vor den eigenen Kindern. Unerhört!

Wieder zuhause erlaubte sich Bruno immer mehr, in den Ausgang zu gehen und kam jeweils erst am Morgen nach Hause, um dann zu allem Überfluss schon wieder zu telefonieren. Logisch, um mich zu provozieren, ohne Rücksicht auf unsere Kinder.

Es war Freitag, 25. Juni, als Bruno wieder mit Erika telefonierte. Er brauchte viele, so süsse Worte, vermutlich nur damit ich diese anhören musste. Schon war er fort und blieb wieder auswärts bis am Morgen. Was empfinden unsere Kinder dabei, fragte ich mich immer wieder.

Vom 9. – 21. Juli war Bruno fort. Für mich, ohne ihn, war es eine riesengrosse Entspannung.

Gabriellas Geburtstag ist am 22. Juli. Bruno brachte ihr ein Paket von «Tante Erika», darin war eine kleine Puppe. Ich fand es unverschämt, aber ich probierte, mir nichts anmerken zu lassen.

Am Abend sollte Bruno früh heimkommen. Er kam aber erst heim als wir schon gegessen hatten, und deswegen war er beleidigt, weil wir trotz seinem Versprechen, nur bis spätestens 19.00 Uhr warteten und sogar später als üblich mit dem Nachtessen anfingen. Schliesslich musste ich die kleinen Kinder noch baden und um 20.00 Uhr sollten sie im Bett sein.

Als die Kinder im Bett waren, setzte ich mich zu Bruno an den Tisch, damit er nicht alleine beim Abendessen war. Er aber blieb die ganze Zeit stumm und ich auch.

Wiederum schimpfte Bruno, weil er sich selber schuldig fühlen musste und dafür einen Prellbock brauchte. Dann sagte er: «Ich muss dich zum Friedensrichter mitnehmen, der zeigt dir einmal was du zu tun hast.»

«Ich komme schon mit zum Friedensrichter, aber deswegen will ich nicht die ganze Nacht streiten.»

«Ich bin immer grosszügig, aber du musst deinen Pflichten endlich nachgehen, und nicht die ganzen Nächte herumhühnern und herumflirten.»

Genau das tat ja Bruno und nicht ich.

Er glaubte den Grosszügigen zu spielen, hatte aber nur den Deckel auf dem Kopf. Dabei war ich ja diejenige, die zu Hause war, welche für das Rechte und vor allem für die drei Kinder sorgte.

Tanz-Club

Ganz überrascht war ich, als Bruno mir aus der Zeitung vorlas, dass in St. Gallen ab Herbst ein Tanz-Club starten werde. So etwas interessierte mich brennend. Ich telefonierte von Pontius zu Pilatus, um mich zu erkundigen, wo und wann dieser Tanz-Club statt finden werde. Bruno erlaubte mir sogar den Club zu besuchen. Das war das Schönste, was ich in meiner Situation denken konnte. Beim Tanzen fühlte ich mich wie in einer anderen Welt, als schwebte ich davon.

Der Trainer zeigte uns die verschiedenen Figuren und das mit der Technik, so wie ich es vom Eistanzen her kannte. Ich war voll begeistert, endlich wieder etwas Sinnvolles zu tun. Der Trainer tanzte vor und wir tanzten ihm nach. Für mich war diese Art zu tanzen sehr neu. Andere Clubmitglieder gingen schon vorher nach Zürich zum Tanzen. Klar kannten diejenigen die Tanztechnik schon gut. Ich begriff es auch ziemlich schnell, weil die Technik ähnlich ist, wie beim Eislaufen, nur ist die Gewichtsverlagerung etwas anders und vor allem ist es leichter. Das Eislaufen ist viel schwerer, weil man mit den Schlittschuheisen nur in eine Richtung fahren kann, was das Drehen auch schwieriger macht.

Zum Vorzeigen, wie man als Paar tanzt, brauchte der Trainer eine Dame. Caroline war eine sehr junge Balletttänzerin, meistens rief er sie zum Vorzeigen.

Wenn die Herren nicht dieselben Schritte hatten wie die Damen, zeigte der Trainer die Tanzschritte zuerst den Herren, die in einer Linie uns Damen gegenüber standen und nachher zeigte er uns, wie getanzt werden sollte.

Oft aber sind die Grundschritte dieselben für Herren und Damen. In diesem Fall standen wir alle in derselben Richtung hinter dem Trainer. Wir lernten gerade den Samba von Brasil, wo man auf und ab wippt. Zuerst zählte der Trainer den Rhythmus: 1 ä2, 1 ä2, … dann singend, m bada, m bada, … und ein Mann hinter mir fing an mit, Prostata, Prostata, … da fingen alle zu lachen an.

Nach dem Training, bevor wir nach Hause gingen, kehrten wir meistens im Restaurant ein, um unseren angestauten Durst zu löschen und unsere Gemeinschaft zu pflegen und vor allem miteinander fröhlich zu sein.

Otto

Weil Bruno immer über die Kinder, mir «Tante Erika» vorhielt, frage ich Otto, ob ich ihm einmal meine drei Kinder vorstellen dürfte. Ich wollte gerne, dass die Kinder umgekehrt, auch einmal dem Vater etwas erzählen vom Onkel Otto. Er freute sich sehr darüber und lud uns auf den Samstagnachmittag ein.

Als die drei Kinder Onkel Otto sahen, war er ihnen sofort sympathisch. Weil Otto keine Kinder hatte und darunter litt, freute er sich umso mehr, meine Kinder bei sich zu haben. Er verstand sich so gut mit meinen drei Trabanten. Alle drei wollten dem Onkel Otto auf die Knie sitzen. Es war ein wirklich fröhlicher Nachmittag.

Bruno kam leider erst am Montag wieder nach Hause. Nun endlich konnten meine drei Kinder ihrem Papi vom Onkel Otto erzählen, aber die Aufregung war natürlich nach zwei Tagen abgeflaut. Papi war nicht interessiert, von dem banalen Individuum zu hören. Damit war meine Rache im Eimer. Hingegen wollte ich meinen drei Kindern nicht dasselbe antun wie der Vater.

Da Bruno immer auswärts schlief, lud ich Otto einmal nach dem Sprachkurs zu mir nach Hause ein. Es kam dazu, dass wir im Schlafzimmer landeten.

Das Schlafzimmer diente tagsüber als Büro und nachts konnten wir zwei einzelne Betten aus dem Kasten herunterlassen, wobei die Nische mit einem Bild und einer Nachttischlampe versehen war. Dies wirkte wie ein total anderes Zimmer.

Damit Otto und ich ein schönes, gedämpftes Licht hatten, legte er ein Kleidungsstück von mir über die Nachttischlampe. Nun endlich wusste ich, dass ich eine ganz normale Frau bin und sogar glücklich sein kann.

Plötzlich sagte Otto: «Ich habe ein ungutes Gefühl, ich gehe jetzt lieber nach Hause.»

Also machte er sich auf den Weg und verliess das Haus. Ich schaute ihm nach und winkte, bis er verschwunden war. Aber in diesem Moment kam ein Auto daher und schwenkte ab in unsere Privatstrasse. Ach du meine Güte! Das war ja Bruno. Schnell räumte ich die Gläser und alles zur Seite und schon hörte ich Bruno die Treppe hinaufkommen. Schnell musste ich die Decke von seinem Bett zurechtstreichen und das Bett hochklappen. Aber da stand Bruno bereits im Zimmer und fragte: «Hast du auf mich gewartet?»

Ich musste das Lachen verklemmen und sagte natürlich einfach ja, währenddem fingierte ich, als würde ich sein Bett statt aufwärts herunterkippen, und es für Bruno bereit machen. Er zog sich aus und war für einmal gesprächig.

Oh, ich entdeckte die Lampe, welche mit meiner Unterwäsche zugedeckt war. Das wäre etwas Verdächtiges. Also wartete ich auf einen Moment, wo Bruno sich kehrte, um seine Kleider auf den Stuhl zu legen. Nun, wie der Blitz, zog ich an meiner Unterwäsche und schmiss sie schnell unters Bett. Zum guten Glück merkte Bruno es nicht.

Otto hatte wirklich einen sechsten Sinn. Bruno hatte vermutlich Schwierigkeiten mit seiner Liebhaberin, sonst wäre er doch nicht heimgekommen. Ich hingegen war wahnsinnig stolz und glücklich über mein Abenteuer!

Ich glaube, all dies gab mir wieder Kraft und Mut, mich doch für eine Scheidung zu entschliessen. Otto versprach mir, dabei behilflich zu sein.

Gabriella und Bruno

Zum Nachtessen setzten wir uns an den Tisch. Erst dann bemerkte ich, dass die Servietten und Gabriellas Latz noch fehlten. Gabriella, die noch nicht auf ihren Stuhl geklettert war, bat ich: «Bitte könntest du mir die Servietten und deinen Latz holen?»

Leider brachte sie nur den Latz. «Bitte bringst du auch noch die Servietten?»

Nun reagierte Bruno schroff: «Die kannst ja du auftischen. Geh du diese holen, wenn du immer die Hälfte vergisst.»

Ihm wollte ich die Situation erklären, aber Bruno stand auf und sagte: «Dann muss ich auch noch dies machen, wenn du schon zu faul bist.»

Was wollte Bruno damit demonstrieren? Er rührte sich sonst überhaupt nie.

Ich war so traurig und war froh, als ich am folgenden Abend Otto meine Entrüstung erzählen konnte. Er war natürlich sehr empört und riet mir, mich möglichst schnell scheiden zu lassen. Auch garantiere er mir, dass er mir helfen und sicher immer beistehen würde.

Durch Otto wurde ich sicherer und nun entschloss ich mich für die Scheidung.

Scheidung: Ja

Immer drohte mir Bruno mit Scheidung. Nun war ich etwas aufgeklärter und fühlte mich einigermassen stark genug, um mich zu wehren. An diesem Tag kam mir Brunos Scheidungs-Drohung gerade gelegen und ich antwortete Bruno: «Ja, das tun wir.»

Er aber lachte mich sogar aus.

Zuerst wollte ich Mutti informieren. Sie war natürlich entsetzt und riet mir, ich solle zu meinem Onkel, der Anwalt ist, gehen und er habe schon so vielen Ehepaaren geholfen. Aber da entschlüpfte ihr: «Meine Mutter liess sich scheiden, als ich zwei Jahre alt war.»

«Mutti, du hast mir doch immer gesagt, meine Grossmutter sei tot.»

Also hatte Mutti mich immer angelogen, sie wäre gestorben und im Unterbewusstsein merkte ich es, weil ich immer wieder danach fragte. Papas Mutter war auch tot, was aber für mich akzeptabel war, so wie Papa mir es sagte. Aber dass meine Grossmutter nur geschieden war, war nochmals ein Schock für mich.

Ich ging nach Zürich zu meinem Onkel und erzählte ihm, warum ich mich scheiden lassen wolle. Er aber schlug die Hände überm Kopf zusammen und sagte: «Da gibt es nichts anderes, als dass du dich sofort scheiden lässt. Du hättest dich gleich nach den ersten drei Tagen scheiden lassen sollen. Dass du es zehn Jahre ausgehalten hast, ist nun für dich der grösste Fehler. Ich werde dir einen guten Anwalt in St. Gallen vermitteln.»

Ich vereinbarte ein Treffen mit Dr. Rossi. Er erklärte mir, wie wir dies machen wollten, und dass Bruno ein Aufgebot bekommen werde zur Scheidung. Mir ging diese Art zu frostig, darum sagte ich: «Ich werde Bruno zuerst benachrichtigen von meinem Vorhaben.»

Aber da gab mir der Anwalt schroff zu verstehen: «Wenn Sie es Ihrem Mann erzählen wollen, dann ist es gelaufen.»

Zu Hause beleidigte Bruno mich wieder, diesmal war ich diejenige die sagte: «Dann lassen wir uns halt scheiden.»

Er lachte mich wieder aus. Ich aber sagte ihm, dass ich mich bereits bei einem Anwalt erkundigt hatte und es ernst sei und nicht zum Lachen. Bruno aber ging danach hinter die Bar und trank eine halbe Flasche Cognac. Als ich zu Bett ging, kam er auch und voller Wut. Ich mag mich nur noch erinnern, dass er mir die Gurgel zudrückte und ich hoffte, dass ich bald drüben sein werde.

Plötzlich liess er mich los. Vielleicht dachte er, ich wäre schon tot, oder es war uninteressant, weil ich die Augen zumachte und auf meinen Tod wartete.

Nach dieser Erfahrung und durch Otto wurde ich entschlossener. Nun erst recht wollte ich mich möglichst bald scheiden lassen, und ich meldete die Scheidung am 6. Dezember 1976 an. Ich benachrichtigte meinen Anwalt und bekam einen Termin.

Bereits am 7. Dezember 1976 erhielt ich eine amtliche Anweisung für eine Ehescheidung in den nächsten Tagen.

Am 28. Dezember 1976 kam die amtliche Vorladung des Vermittleramts der Gemeinde, am 12. Januar 1977 im Rathaus zu erscheinen.

Als Kläger Bruno Müller. Komisch.

Als ich zu Dr. Rossi kam, wie vereinbart, hatte er meine Sachen bereits einem anderen Anwalt, Dr. Schwager, übergeben. Wir bereiteten alles vor. Der Anwalt bat mich: «Von nun an dürfen Sie sich nie mehr mit einem Mann sehen lassen. Telefonieren dürfen Sie, da es sehr schwer zu überwachen ist.

Auch ist es Pflicht, dass Sie als Katholikin zuerst mit dem Pfarrer und auch mit dem Scheidungspsychologen sprechen müssen. Danach müssen Sie zum Untersuchungsrichter.»

Weihnacht 1976

Es war Weihnachten, wo alle Familien sich unterm Christbaum versammeln um die Geburt Christi zu feiern. Bruno fand dies nicht nötig und ging wieder zu seiner Freundin. Eigentlich war ich lieber alleine mit den Kindern, als mich immer in ihrer Gegenwart provozieren zu lassen. Aber mir tat es leid für meine Kinder, deren Vater nicht anwesend war, sondern sich dermassen primitiv benahm. Weihnachten, das Fest der Familie, der Freude und des Friedens, das ist doch etwas anderes. Mir war es wichtig für unsere drei Kinder, Weihnachten als solches zu feiern.

Ich probierte mir nichts anmerken zu lassen, doch die Tränen waren zuvorderst und dabei dachte ich, dass ich in Zukunft sowieso Weihnachten immer alleine mit meinen drei Kindern feiern werde. Einfach traurig!

Untersuchungen

Im Januar fingen die Scheidungsuntersuchungen an. Zuerst musste ich zum Herrn Pfarrer. Er hatte aber auch gesehen, dass diese Ehe nicht so weitergehen konnte. Danach musste Bruno alleine hingehen und nochmals wir beide zusammen. Herr Pfarrer erklärte Bruno, dass man mit einer Frau nicht so umgehen kann, wie mit einem Kasten aus lauter Schubladen, die man beliebig öffnen und schliessen kann. Bruno hatte natürlich dafür seine selbstverständliche Erklärung. Hingegen gefiel dies dem Herrn Pfarrer gar nicht.

Dann musste ich zum Scheidungspsychologen, aber er sagte: «Klar, keusch in die Ehe zu gehen ist der grösste Blödsinn und es ist unzumutbar auf solche Weise die Ehe weiterzuführen.»

Telefon!

Otto hatte Verständnis und versprach mir, wegen den Scheidungsproblemen Rücksicht zu nehmen, und in diesem Fall würde er mit mir jeden Tag Punkt 13:00 Uhr eine Minute lang telefonieren. Das hatte er jeden Tag pünktlich eingehalten. Aber für mich war es sehr deprimierend, Otto nur am Telefon zu hören.

Einmal aber, oh weh, war Bruno genau zur dieser Zeit zu Hause als Otto anrief. Ich antwortete mit: «Hoi Matzi.» Er aber antwortete: «Was ist mit Dir? Warum nennst du mich Matzi und nicht Otto?»

«Ja, ja ich verstehe dich ganz gut Matzi, aber auch du musst verstehen.»

Endlich hatte er es begriffen und sagte: «Oh, die Luft ist unrein verstanden. In dem Moment hänge ich lieber wieder auf.»

Per Zufall läutete es wieder und ausgerechnet war Matzi am Telefon. Nun musste ich schon wieder etwas erfinden und sagte: «Ah, sali Heidi, dich wollte ich soeben anrufen, weil gerade vor dir Matzi angerufen hatte.»

Natürlich kam dementsprechend ihre Reaktion: «Hei Lea, ich bin die Matzi.»

«Klar Heidi, ich habe dich gut verstanden, aber es geht im Moment nicht.»

Es war verständlich, dass Matzi in diesem Moment nicht verstehen konnte, warum ich ihr den falschen Namen sagte und sie fragte weiter: «Bist du besoffen?»

«Klar Heidi, ich verstehe dich doch sehr gut und ich will es Matzi ausrichten, sobald Bruno fort ist werde ich sie anrufen.»

Endlich tagte es bei Matzi und wir verabschiedeten uns.

Natürlich wollte Bruno wissen und fragte nach dem Geheimnis. Zum Glück war ich schlagfertig und konnte sagen: «Das ist nun wirklich Frauensache und geht dich nichts an.»

Aber da läutete es schon wieder und schnell nahm ich den Hörer ab. Wie verhext und wie vermutet rief nun Heidi an und ich sagte: «Hoi Matzi, Heidi hatte soeben angerufen, aber wir konnten noch nichts vereinbaren, ich rufe dich später zurück, denn Bruno ist hier und ich muss nach ihm schauen.»

Heidi hatte sofort geschaltet und fragte: «War es Otto? Oh, läck mer am Arsch! Tschau!»

Das war typisch Heidi und dieser starke Ausdruck gab mir einen richtigen Aufschwung und Courage.

Bruno gegen Scheidung

Am 8. Februar kam eine amtliche Vorladung. Ich müsse am 14. Februar 1977 zum Instruktionsrichter.

Dieser Beamte war zufällig ein Parteikollege im LDU und kandidierte mit Bruno. Dies war leider sehr unvorteilhaft für mich, aber auch unangenehm für Bruno, wenn dieser Kollege von Brunos miesem Charakter erfährt. Ich aber war noch zusätzlich benachteiligt, weil ich eine Frau bin und im Gesetz steht: «Der Mann ist das Oberhaupt der Familie.» Somit wurde das Machoverhalten der Männer entschuldigt.

Also musste ich zum Instruktionsrichter und meine ganze Geschichte erzählen. Dies wird aber meistens falsch ausgelegt und natürlich zum Nachteil der Frauen, die sowieso nur zu einem Drittel recht bekamen, bis das Gesetz wechselte, was in nächster Zeit passierte. Bis dahin waren die Frauen und damit auch deren Kinder in jeder Hinsicht benachteiligt.

Bruno wollte sich auf keinen Fall scheiden lassen. Klar, er wusste ja, was er verlieren würde, und dass er Muttis Haus verlassen müsste, wo er gratis lebte.

Die Freundin hatte ich nie bewilligt, doch was ich täglich erdulden musste war viel schlimmer. Vom Arzt bekam ich damals eine Crème, um es mir zu erleichtern. Dazu die ewigen Erniedrigungen. Amboss zu sein konnte ich nicht mehr ertragen. Als guter Partner hätte Bruno mir geholfen, aber er genoss das Gegenteil. Er war nur ein richtiger Prolet und Sadist.

Wieder musste ich zum Anwalt und Bruno sollte mitkommen. Er aber fand es nicht für nötig.

Zu Hause, wenn ich bei Lampenlicht in der Küche stand, hatte ich das Gefühl ich werde beobachtet oder gar beschattet. Dies erzählte ich meinem Anwalt und er hielt es für sehr wahrscheinlich. Dann riet er mir: «Schauen Sie immer, dass Sie Zeugen haben für alles was Sie unternehmen. Seien Sie sehr vorsichtig, denn es ist sehr schwierig, dass man einer Frau nichts vorhalten kann und sie schnell als Schuldige hinstellt. Lassen Sie sich nie in der Nähe von einem Mann blicken, weder im Kaffee noch sonst irgendwo, und sitzen Sie gar nie neben einen Mann, auch wenn Sie ihn gar nicht kennen. Hingegen telefonieren können Sie mit Otto schon noch, müssen aber trotzdem vorsichtig sein.»

Scheidung und Waisenamt

Für 16. Februar wurde ich aufgefordert mich im Waisenamt vorzustellen wegen der Kinderzuteilung.

Die Lehrerin von Marco telefonierte mir: «Marco hätte sich Freunden angeschlossen, die gerne etwas mitlaufen liessen. Zusammen gingen sie in den Coop, um etwas zu stehlen. Marco, den Neuling in dieser Gruppe, hatte man erwischt. Er hatte einen Radiergummi gestohlen.»

Ja dies war keine schöne Nachricht, aber wie ich wusste, haben Kinder, deren Eltern in Scheidung leben, viel mehr Schwierigkeiten und machen dementsprechend richtige Dummheiten.

Genau diese Situation nutzten Bruno und Erika aus, um mich für diesen Fall als allein Verantwortliche hinzustellen. Denn irgendwie wollten sie mich fertig machen, um ihre eigene Weste zu schonen. Dies war sicher der Grund, weshalb ich vom Waisenamt einen Brief bekam mit der Aufforderung, für Kinderzuteilung und häusliche Verhältnisse.

Nun musste ich auch noch dieses durchstehen. Im Büro empfing mich eine dicke Frau mittleren Alters, die sich als Fräulein Bärlocher vorstellte. Dann fragte sie: «Frau Müller, Ihr Mann, wie auch seine Freundin haben mir erzählt, dass Sie Frau Müller den Kindern nichts zu essen geben, sodass die Kinder stehlen gehen müssen. Auch machen Sie den Kindern Angst, der Teufel würde sie holen. Sonntags kommen die Kinder schmutzig und zerrissen daher, sodass die Freundin

Ihres Mannes zuerst flicken muss. Sie, Frau Müller, haben keine Ahnung vom Haushalt und lassen die Kinder immer alleine. Im Ferienhaus in Paudo ist alles so schmutzig, dass man zuerst das ganze Haus putzen muss. Sie stehen erst um zehn Uhr auf. Die Nächte verbringen Sie in Nachtlokalen und kommen erst heim, wenn die Kinder zur Schule müssen. Die Freundin von Ihrem Mann hat alles bestätigt.»

So ein erfundener Blödsinn. Wie konnte diese Frau nur so etwas zu mir sagen? Was wollte sie bezwecken? Dazu ist es doch eine Frechheit, dass die Freundin von meinem Ehemann überhaupt etwas zu sagen hat. Aber ich blieb hart und biss die Zähne zusammen um ja keine Träne zu verlieren. Dann sagte ich ihr: «Erstens ist alles gelogen. Die Kinder sind nie alleine, ich nehme sie immer mit, nur wenn es nicht geht, so wie in diesem Moment, muss ich meine Mutti bitten, auf die Kinder aufzupassen. Zweitens hatte Marco einen Radiergummi gestohlen, den man nicht essen kann. Meinen drei Kindern fehlt es an nichts. Nie würde ich den Kindern Angst machen und schon gar nicht mit einem Teufel. Drittens was hat die Freundin von meinem Mann schon zu sagen? Falls sie jemals etwas gefunden hatte zum Flicken, war es bei einem der drei neuen Pullover, wo unterm Arm eine Naht nicht bis ganz vorne zugenäht war. Meine Kinder haben mir dies gezeigt, wo Erika zwei Stiche nähte, mehr nicht. Im Ferienhaus in Paudo kann es unmöglich schmutzig sein, denn dann hätten wir das ganze Haus voll mit Ungeziefer.

Zudem habe ich für alles, was Sie mir vorwerfen wollen, Zeugen, die ich Ihnen gerne mitbringen kann. Glauben Sie, die Kinder sind bei einer Freundin vom Vater besser versorgt, als bei der eigenen Mutter?»

Diese Beamtin, dieses Weib, ich kann es nicht anders nennen. Sie beharrte und wiederholte noch und noch einmal, volle zwei Stunden lang, nur um mich zu quälen. Aber ich hatte die Kraft hart zu bleiben und nicht zu weinen. Erst als ich an der frischen Luft war, liess ich die Tränen laufen. Leider bekam ich einen Nervenzusammenbruch. Zum Glück konnte ich mich noch bis zur meiner Cousine schleppen und um Hilfe zu bitten.

Genau dieselbe Prozedur musste ich zwei weitere Male durchmachen und mit den genau gleichen Anschuldigungen. Jedes Mal hatte ich danach einen Nervenzusammenbruch.

Die Folgen vom Waisenamt

Rahels Lehrerin kam zu mir. Sie war total aus dem Häuschen und sagte: «Frau Müller, vom Waisenamt kam Fräulein Bärlocher vorbei und sagte, Rahel würde immer schmutzig und zerrissen daherkommen. Wie sehen Sie es in der Schule?

Frau Müller, ich war so perplex, so etwas habe ich noch bei keinem Scheidungsfall erlebt und ich wusste nicht was ich sagen sollte, aber ich antwortete ihr. Ich sehe keinen Unterschied, Rahel kommt nicht schmutziger daher als alle anderen Kinder, und auch in der Schule ist sie nicht anders als alle anderen Kinder.»

Unabhängig voneinander kam später auch Marcos Lehrerin vorbei und sie war genauso entsetzt. Zu meinem Erstaunen hatte sie das genau Gleiche erzählt: «Frau Müller, so etwas ist mir bei allen vielen Scheidungskindern noch nie passiert. Auf solche unerhörte Anschuldigungen wusste ich gar nicht was ich sagen sollte und antwortete nur mit: mir ist nichts Besonderes aufgefallen, das Kind ist genau so sauber oder schmutzig wie alle anderen.»

Anscheinend schmierten Bruno und Erika dieses Weib. Wie ich später erfuhr, machte sie alles für Männer und lief ihnen nach. «Fräulein» Bärlocher, die sich dermassen bemühte, mich schlecht zu machen.

Nach diesen Verhandlungen wurde ich benachrichtigt, dass ich als Alleinerziehende einen Vormund für die Kinder bekommen werde. Das war unerhört und was tat man meinen drei Kindern an! Es waren Bruno und Erika, die dies beantragten, dass die Kinder einen Vormund bekommen sollten, weil ich nicht fähig sei, die Kinder ohne Vater zu erziehen. Dabei war ich diejenige die immer mit den Kindern zusammen war, aber sie leider so erzogen hatte, dass sie ihren Vater ehrten.

Bruno machte das Umgekehrte und stellte mich den Kindern gegenüber immer als Nichtsnutz hin. Ich war empört, dass er seinen eigenen Kindern so etwas antun konnte und uns einen Vormund zumutete.

Ich weiss von einem meiner Schulkameraden, der so ein richtiger Blödian war, genau der ist Vormund geworden für geschiedene Kinder. Auch von anderen Vormündern hörte ich, wie unlogisch und frech solch einer sein kann, sich in die Familie einzumischen und für alles Unmögliche bekommt er immer Recht. Klar solch einer ist Staatsbeamter und mehr als nur blöd!

Brief von Bruno

Am 23. Februar bekam ich von Bruno dieses Schreiben:

Erklärung

Ich entbinde den Psychiater Dr. Baliarda, St. Gallen. Von seiner Schweigepflicht. Ich ermächtige ihn, einen Bericht über unsere seine Eindrücke zuhanden der Gerichtsakten zu erstellen.

Goldach, den

Lea Müller

Dies sollte ich unterschrieben, um den Psychologen von der Schweigepflicht zu entbinden. Auf solch einen Blödsinn, konnten ja nur Bruno und seine Geliebte kommen.

Klar, das wäre super für ihn. Natürlich unterschrieb ich nicht. Lächerlich!

Marco Schulende

Ein Jahr war vergangen, als ich wieder von Marcos Lehrerin einen Brief bekam. Er müsse die dritte Klasse wiederholen, weil er einfach zu jung und undiszipliniert sei. Ich besuchte sofort die Lehrerin. Sie sass am Schreibtisch und war dabei die Aufsätze zu korrigieren. Als sie mich sah, sagte sie: «Frau Müller, ich bin froh, dass Sie mich besuchen, denn soeben wollte ich Ihnen telefonieren. Heute nach der Pause sagte ich den Schülern, sie sollen das Heft hervornehmen und den Aufsatz schreiben ‚Was will ich werden'. Marco war der Erste, der mir den Aufsatz brachte. Er hatte nicht so viel geschrieben, aber was er geschrieben hatte, überraschte mich sehr. Er schrieb: Ich möchte Astronaut werden. Noch mehr überraschte es mich, dass er, der immer viele Fehler machte, diesmal ausser wenigen Flüchtigkeitsfehlern praktisch fehlerlos schrieb. Zudem benutzte er einen Stil, den ich seinem Vater zugeschrieben hätte und nie Marco zutraute, hätte ich nicht selber im Zimmer gesessen und die Kinder beim Schreiben beobachtet. In diesem Fall kann ich Marco unmöglich in der dritten Klasse sitzen lassen. Ich versetze ihn für die Probezeit in die vierte Klasse.»

Am Abend, als die ganz Familie am Tisch sass, erzählte ich mit grosser Freude, was Marcos Lehrerin mir erzählt hatte. Der Vater empörte sich sehr und rief aus: «Astronaut! Kommt gar nicht in Frage, zudem muss man intelligenter sein. Marco kann sich so etwas gleich aus dem Kopf schlagen und soll einen richtigen Beruf erlernen.»

Ich glaubte nicht richtig gehört zu haben und erwiderte sofort: «Aber das ist doch ein richtiger Beruf und ich finde es schön, wenn Marco sich bereits eine Vorstellung macht, auch wenn er vielleicht später etwas anderes lernen will, hat er doch jetzt schon einen richtigen Auftrieb, um in der Schule etwas zu leisten.»

Leider wollte der Vater nichts verstehen und verbot Marco, sich mit so einem Irrsinn zu befassen. Hingegen war er zufrieden, dass Marco noch eine Gelegenheit bekam, um die vierte Klasse zu besuchen.

Marco 4. Klasse

Die Probezeit ging langsam zu Ende und ich bekam einen Brief, indem wieder dasselbe Problem drin stand, Marco sei zu jung, um dem normalen Unterricht zu folgen. Wieder ging ich sofort zur Lehrerin. Sie entschuldigte sich sogar und sagte: «Diese Woche hatten wir Rechnen. Marco, der nur Blödsinn im Kopf hat, war die ganze Stunde voll dabei. Ja, sogar Ende der Stunde musste ich mich fragen, was ist nur los, ich befasste mich die ganze Stunde praktisch nur mit Marco. Alle anderen Kinder waren mehr oder weniger ruhig. Danach musste ich feststellen, dass ich den Kindern, diese Art zu rechnen noch gar nicht erklärt hatte. Ich muss Marco die Chance geben, weiter in der vierten Klasse zu bleiben.»

Scheidungs-Anwalt

Mein Anwalt schrieb am 28. April an den Instruktionsrichter wegen einer Konvention. Gleichzeitig auch an Bruno zur Einladung, um die Konvention abzuschliessen, welche er unterbreiten sollte.

Von Bruno bekam ich daraufhin einen absurden, langen Brief wegen der Konvention. Er wiedersprach sich mehrere Male und plädierte auf eine Scheinehe, mit der Begründung, die Kinder hätten es besser bei ihm und Erika. Etc.

Auch von Erika bekam ich später einen Brief, datiert vom 6. Mai. Sie schrieb, dass sie probiere beide Seiten zu verstehen und wolle nur das Beste tun für die Kinder und deren Zukunft. Aber unter anderem schrieb sie wortwörtlich: «Sollte das Gericht entscheiden, dass die Kinder zu Bruno kommen …»

Unmöglich würde entschieden, dass meine Kinder zu ihr kommen werden. Dazu noch diese Falschheit! Nachdem sie so schlimme und erfundene Sachen bei Fräulein Bärlocher erzählt hatte.

Einkauf mit Erica, meiner Cousine

An einem schulfreien Mittwochnachmittag war es regnerisch. Ich dachte, im Supermarkt einzukaufen zu gehen. Meine Cousine Erica fragte ich, ob sie Lust hätte mitzukommen. Also fuhren wir mit meinen drei Kindern los zum Rheinpark. Dort brachte ich meine Kinder in den Kindergarten, was ihnen so richtig Spass machte. Für eine Stunde war es gratis. Wir zwei Frauen konnten nun sorglos die Läden ansehen und einkaufen.

Nach einer Stunde sagte Erica: «Geh du die Kinder abholen. Mir kannst du die Autoschlüssel geben, damit ich bereits mit dem Einkaufswagen zum Auto gehen kann, wo wir uns wieder treffen.»

Als ich mit den Kindern Richtung meines Autos schritt, rief aus einer anderen Richtung Erica: «Hallo, hier bin ich, die Sachen sind schon alle im Auto.»

Komisch dachte ich, und näherte mich zu Erica die bereits im Auto sass und rauchte. Doch ich merkte, dass dies Auto wirklich ein anderes war. Ich fragte sie: «Wie konntest du das Auto öffnen?»

Ganz verdutzt sagte sie: «Du hast mir doch den Schlüssel gegeben und da habe ich das Auto aufgemacht und die Sachen bereits alle hinten hineingeladen. Danach machte ich es mir gemütlich, um eine Zigarette zu rauchen und auf euch zu warten.»

Ich musste lachen und sagte: «Das ist doch gar nicht mein Auto. Wie konntest du ein fremdes Auto aufsperren mit meinem Schlüssel? Jetzt komm schnell heraus, falls der Besitzer kommt und uns entdeckt.»

Zum Glück konnten wir alle Sachen wieder herausnehmen und dieses Auto zusperren, während die Kinder sich vor Lachen krümmten.

Gegenanwalt

Am 9. Mai forderte mein Anwalt Bruno auf, endlich Stellung zu beziehen.

Am 23. Mai musste ich wieder zur Besprechung zu meinem Anwalt, weil Bruno nun mit seinem Gegenanwalt aus Zürich daherkam. Vermutlich vom Geschäft aus.

Mein Anwalt hatte von neuem den Instruktionsrichter benachrichtigt und gleichzeitig dem Gegenanwalt geschrieben wegen einer Konvention.

Um die Konvention neu zu organisieren, musste ich nochmals zum Anwalt. Nun musste der ganze Haushalt in Goldach und alles was wir in Paudo hatten aufgeschrieben werden, damit man teilen konnte, was Bruno zu sich nehmen wollte und was bleiben wird. Es ging auch um die Alimente, welche Bruno für mich und die Kinder bezahlen müsse. Dazu wollte Bruno nur Marco mitnehmen, doch mein Anwalt erklärte ihm, dass die Geschwister nie auseinandergerissen werden.

Nach dieser Verhandlung ging ein richtiger Krieg los. Gott sie Dank, dass Otto mir jeden Tag telefonierte und mich damit sehr unterstützte. Auch kam mir nun der Persönlichkeitskurs zugute, welchen ich gegen den Willen von Bruno besucht hatte. Ich wäre sonst sicher übergeschnappt.

Besuch aus Winterthur

Brunos Bruder kam zu Besuch mit seiner Familie. Die Schwägerin kontrollierte alles und sagte in der Küche: «Schau einmal deinen Abwaschtrog an, der ist ja total zerkratzt. Du musst schon besser aufpassen. Du musst dich halt zusammennehmen und dich im Haushalt besser bemühen, sonst wirst du Bruno verlieren.»

Darauf antwortete ich nichts. Was sollte denn diese Anschuldigung, wenn sie doch nichts Besseres fand zum Kritisieren. Wir machten einen Spaziergang da sagte Edda: «Was bist du nur für eine Hausfrau. Bruno hat nicht einmal saubere Sachen zum Anziehen und auch die Hose von Marco sieht aus, wie aus einem Lumpensack.»

Da wehrte ich mich aber, indem ich probierte zu erklären: «Bruno schmeisst die sauberen Sachen, die ich ihm hinlege, auf den Boden und was er anhat, das will er anziehen. Dazu holte Bruno für Marco diese Lumpenhose zum Anziehen. Das ist nur, damit ich mich ärgern soll. Nun habe ich mir angewöhnt, einfach nicht mehr hinzuschauen. Wenn Bruno gerne so herumläuft, soll er selber verantwortlich dafür sein. Wenn du dich so interessierst, schau in den Kasten, wo zehn saubere und gebügelte Hemden hängen und auch diverse tipptoppe Kleidungen.»

Dann meinte sie, meine drei Kinder wären viel zu dick. Meine Kinder waren einfach gesund und kräftig, aber sicher nicht dick. Dafür waren meine Kinder immer gesund, ausser den Wilden Blattern, und eines bekam die Masern, sonst hatten sie nichts. Hingegen weil die beiden Winterthurer Kinder eher kränklich waren, waren sie eher mager. Auch wusste ich, dass ihr kleiner Sohn, wenn er vormittags von der Schule heimkam, jeweils ein Butterbrot mit Konfitüre bekam, dafür ass er nie richtig bei Tisch. Telefonierten wir nach Winterthur, so war meistens eines der Kinder krank.

Ich war so froh, als die Familie uns wieder verliess. Diese ekelhafte Schwägerin, die ihre Nase in alles stecken musste und nur zu meckern weiss.

Auch meine Schwiegermutter war nicht so begeistert von dieser Schwiegertochter, weil sie immer vorwitzig und mürrisch war.

Wie soll ich entscheiden?

Schade, ich hätte gerne gehabt, dass Bruno kein Besuchsrecht bekommen würde, denn er würde ja dies nur ausnutzen, um die Kinder aufzuhetzen und das gelänge ihm dann noch besser, weil die Kinder ihn nur selten sähen. Dazu verlangte Bruno noch, an zwei Abenden bei mir zu wohnen und die Kinder fürs Wochenende mitzunehmen. Solche Schnapsideen!

Bruno hatte mir sogar bereits wortwörtlich gedroht: «Wenn du die Kinder mir nicht geben willst, dann könnt ihr alle verrecken.»

Auch brachte er es fertig, per Fräulein Bärlocher mir einen Vormund aufzuhetzen, «zu Gunsten der Kinder».

Ich überlegte mir gründlich, wie es mit Bruno enden könnte, wenn er wüsste, dass er die Kinder auf keinen Fall bekäme. Bruno geht ja einfach über Leichen. Erst recht wird er die Kinder gegen mich aufhetzen und jedes Wochenende etwas Neues ausdenken, ohne Rücksicht auf die Kinder, die ja hauptsächlich die Leidtragenden sind. Zu allem Übel würde noch der Vormund dazwischenfunken. Bruno würde sicher nichts zahlen und sich alles Unmögliche bis zum Äussersten erlauben, bis man ihn staatlich dazu zwingen müsste. Dann würde er vielleicht für immer verschwinden.

Brunos Freundin Erika, die verheiratet ist und sogar schon einmal geschieden war, wird ihre ausgetüftelten Erfahrungen dazu steuern.

Wie kann ich unter solchen Umständen meine drei Kinder noch gut erziehen? Wie wäre es, wenn ich die Kinder Bruno überlassen würde? Dann kann er sicher nicht so umgehen mit Erika, wie er dies mit mir tut, sonst läuft sie ihm sicher davon. Zudem kann er sie, solange sie verheiratet ist, nicht heiraten und muss sich vor ihr zusammennehmen. Bruno ist zwar ein unmöglicher Kauz, aber ich weiss, dass wenn er die Kinder hätte, er sie als Besitztum ansehen würde und so wird er gegen aussen, für die Kinder durchs Feuer gehen. Ich bin überzeugt, sogar gegen Erika.

Wie würde es meinen drei Kindern gehen, wenn ich sie behalte? Oh herrjeh, sicher würde ihnen ständig und überall vorgeworfen, dass ihre Mutter ja eine geschiedene Frau sei, besonders in der Schule. Leider sind die Kinder immer benachteiligt bei alleinerziehenden Müttern. Ich will ganz sicher nie mehr heiraten und somit würden meine Kinder immer bei einer Geschiedenen sein.»

Für mich war es aber aussergewöhnlich schmerzlich, hingegen musste ich es tun, zum Wohl meiner drei lieben Kinder und auf sie, so schmerzlich es auch war, verzichten. Damit ich nicht überschnappte musste ich mir einfach vorstellen: «Es ist wie bei adeligen Familien, wo die Kinder die Woche hindurch im Institut leben und wenn der Weg sehr weit ist, kommen die Kinder auch nur alle 14 Tage einmal nach Hause. Bruno würde sowieso keine Alimente bezahlen und somit wäre dieses Problem auch aus der Welt geschafft.

Mein Geld würde ich verdienen müssen, wenn ich wieder alleine wäre. Aber wie? Nach zehn Jahren meinen Beruf nicht mehr ausgeübt zu haben, müsste ich einfach wieder in die Schule zurück.

Arbeit zu finden würde besonders schwierig sein, weil Rezession herrschte. Im Labor ändert es sich die ganze Zeit. Ich müsste unbedingt neu eingeschult werden. Das ist ja verrückt!

Aber trotzdem würde es für meine drei lieben Kinder die beste Lösung sein, wenn ich nun auf sie verzichtete, auch wenn es mir das Herz bricht zum wahnsinnig werden.»

Alleine beim Anwalt

Mein Anwalt bat um eine weitere Besprechung am 2. Juni.

Nachdem solch ein Kampf wegen den Kindern angefangen hatte, fragte ich meinen Anwalt: «Was denken Sie von mir? Bin ich eine Rabenmutter, wenn ich die Kinder dem Vater überlasse? Bruno hat mir einen Vormund aufgehetzt und ich weiss wie unmöglich solche Personen sich aufspielen und geschiedene Frauen als minderwertig hinstellen. Damit würde man nicht nur mir, sondern auch meinen drei Kindern eine zusätzliche Bürde aufladen.

Darum denke ich, lieber meine drei Kinder ihrem Vater zu geben, damit sie möglichst ohne zusätzliche Schwierigkeiten aufwachsen können. Auch wäre es besser für meine Kinder, wenn Bruno sich zusammenreissen muss bei seiner verheirateten Geliebten und nicht solche beleidigende Worte gebrauchen könnte, sonst läuft sie ihm sicher davon.

Ich hätte vielleicht eine Chance die Kinder besser zu erziehen, wenn sie nur übers Wochenende bei mir wären. Damit würden meine Kinder weniger mit unmöglichen Dingen belastet.»

Zu meinem Erstaunen sagte der Anwalt: «Da gratuliere ich Ihnen sogar, Frau Müller. Zudem hatte ich gerade einen ähnlichen Fall, doch lange nicht so schwerwiegend wie der Ihre. Die Mutter behielt selbstverständlich ihre Kinder, aber sie musste mitsamt ihren Kindern durch eine Hölle. Für die Mutter war es psychisch nicht mehr ertragbar, sodass sie in eine Nervenklinik versorgt werden musste.»

«Ja genau das ist es, was Bruno erreichen möchte. Er hatte mir ja schon mehrmals vorgehalten, dass ich für nichts fähig wäre und man mich eigentlich in eine Irrenanstalt stecken müsste. Dies versuchte er zu erzeugen mit allen Mitteln und mit Hilfe seiner Geliebten und dazu noch mit seinem Anwalt. Aber ich werde zeigen, dass sich Bruno verrechnet hat. Obendrein drohte er mir: Wenn du die Kinder mir nicht geben willst, dann könnt ihr alle verrecken.»

Aber dann fragte mich mein Anwalt: «Wenn die Kinder weg sind, gehen Sie wieder zurück zu Ihrem Beruf?»

«Das kann ich leider nicht, weil während den letzten zehn Jahren im Labor und in einer Praxis, sehr viel gewechselt hat. Ich habe mir noch keine Gedanken gemacht, wie ich in Zukunft mein Geld verdienen könnte. Nur eines weiss ich, ich will aus dieser Hölle hinaus. Bruno soll doch alles behalten, wenn er meint, damit glücklich zu werden.»

Dann gab der Anwalt mir folgenden Rat: «Sagen Sie Ihrem Mann nichts darüber. Wir wollen ihn fragen, wie viel er für die Kinder zahlen will und wie viel für Sie. Er muss natürlich für Sie bezahlen, da gibt es kein Pardon.»

«Ich will einfach weg von Bruno und nichts mehr mit ihm zu tun haben, nicht einmal eine Rente, die er sowieso nicht bezahlen wird.»

Doch der Anwalt klärte mich auf: «Sie waren zehn Jahre verheiratet und haben drei Kinder zur Welt gebracht, worauf Sie später berechtigt sind, AHV-Rente zu erhalten, oder beim Tod sind Sie gleichberechtigt wie die Witwe. Im anderen Fall hätten Sie keinen Anspruch darauf.»

Das leuchtete mir ein und somit war ich froh, dass mein Anwalt dafür sorgte.

«Aber was, wenn die Kinder in einem Jahr wieder zu mir kommen wollen?»

«Nein, das geht leider nicht. Es gibt kein Hin und Her mehr. Ausser es würde etwas ganz Gravierendes passieren.»

Erika will meine Kinder

Ich bekam einen Brief von Erika, datiert vom 6. Juni, worin sie wörtlich schrieb: «Ich meinerseits hätte z. B. gerne gewusst, wovor Sie Angst haben. Unter welchen Bedingungen Sie bereit wären, einen vorzeitigen Entscheid zu unterschreiben, worin festgehalten würde, dass die Kinder zu Bruno kommen.»

Weiter schrieb sie wörtlich: «Sollte am Donnerstag keine Entscheidung fallen, wird es einen harten und bitteren Kampf geben, bei dem alle Beteiligten samt Kindern das Lachen verlernen werden.»

Dies war alles andere, als Zutrauen erregend. Das war wirklich doppelzüngig. Da sollte ich Vertrauen bekommen, um meine drei Kinder aus meinen Händen zu geben?

Tanz-Club-Angebot

Ich hatte schon viel gelernt im Tanz-Club. Walzer, Tango, Quickstep, Cha Cha Cha, Rumba. Eines Tages rief Rolf der Trainer, Caroline! Aber an diesem Tag war sie nicht da und so rief er mich auf, um mit ihm vorzuzeigen. Ich erschrak, denn ich hatte gerade die ersten fünf Grundfiguren vom Jive gelernt. Ich sprang schnell nach vorne, um Rolf zu erklären, dass ich ja keine Ahnung habe von diesem Tanz. Er aber meinte: «Das macht gar nichts, ich habe schon gesehen, dass du alles erfasst hast.»

Fasching im Tanz-Club, mit Trainer Rolf.

Mir blieb nichts anderes übrig, als mit ihm vorzutanzen. Ich war fürchterlich nervös und schwitzte von dieser grossen Anstrengung. Aber ich hatte es tatsächlich geschafft. Von nun an rief Rolf mich öfters zum Vorzeigen.

Eines Tages sagte er: «Lea, ich brauche eine Tanzlehrerin. Du musst mir helfen. Ich weiss und habe gehört, dass du Eistanzunterricht gegeben hast und du kannst auch Tanzunterricht geben.»

Ich fiel aus allen Wolken und sagte: «Gerne würde ich Unterricht geben, aber Parketttanzen ist anders als Eistanzen. Ich müsste zuerst eine Ausbildung machen. Dazu habe ich zuhause drei Kinder, die ich nicht alleine lassen kann.»

Hingegen ging ich ganz glücklich nach Hause. Das war ja mehr als ein Kompliment. Gerne würde ich Tanzunterricht geben, aber ohne Kenntnisse wollte ich nicht unterrichten und mich vor eine Klasse stellen.

Ohne neue Ausbildung konnte ich auch nicht zu meinem Beruf zurückkehren. Dazu Arbeit suchen, wo in meinem Beruf Krise herrschte, würde sicher sehr schwierig sein. Tanzlehrerin, das wäre eine Gelegenheit für einen Neuanfang, so oder so müsste ich die Schule besuchen.

Konvention unterschrieben

Wegen der Konvention kam Bruno endlich mit seinem Gegenanwalt zur Verhandlung. Wir nahmen die Liste durch die wir aufgestellt hatten. Mein Anwalt fragte Bruno: «Wie viel Alimente bezahlen Sie an Ihre Frau und alle drei Kinder?»

Bruno antwortet ganz klar: «250.– Fr. pro Monat.»

Das war jeweils mein Haushaltungsgeld. Brauchte ich mehr, so musste ich dies von meinem in die Ehe gebrachtem Geld bezahlen.

Weiter fragte der Anwalt: «Ja, und wie viel wollen sie an ihre Frau bezahlen, bei ihrem hohen Gehalt?»

Bruno aber hatte das Gefühl, Fr. 250.– pro Monat wäre genug für alle.

Dann kehrte mein Anwalt den Spiess um und sagte: «Frau Müller hat sich entschieden, die Kinder Ihnen zu überlassen, dann sind Sie ja einverstanden mit diesen Fr. 250.– welche Ihre Frau für die Kinder bezahlen wird. Hingegen sind Sie verpflichtet eine Rente an Ihre Frau zu bezahlen.»

Das Ferienhaus in Paudo behielt Bruno, aber ich bekam das

Vorkaufsrecht. Dann brachte Bruno ein Formular hervor, wo er mit seinem Anwalt meine Mutti bewogen hatte zu unterschreiben, sie solle auf die 25'000.– Fr. welche sie an Paudo zinslos beigesteuert hatte, auf Zinsen und die Rückgabe verzichten.

Auch nicht nachträglich Zins für die vierjährige Hausmiete von ca. 10'000.– und mit Umbau von 35'000.– plus Nebenkosten in Goldach verlangen, was eine Summe von Fr. 43'787.– betrug.

Weil Mutti dies einfach ohne weiteres unterschrieben hatte, konnte ich auch nichts mehr machen. Somit blieb mir nichts anderes übrig. Ich musste dieses Formular einfach auch unterschreiben, oder die Streitigkeiten würden weiter gehen und es würde keine Konvention geben. Darüber hinaus würden unsere drei Kinder wirklich sehr darunter leiden, ohne zu wissen um was es ging.

Bruno behielt die Segelyacht, die eigentlich das Geschenk sein sollte für alle drei Kinder, die ich gebar. Das ganze Filmzeug, wo ich das meiste gefilmt und danach zusammengeschnitten hatte, nahm Bruno natürlich auch mit.

Das Wichtigste für mich war, möglichst bald von diesem Scheusal befreit zu werden. Er soll doch lieber alles an sich reissen. Ich war lieber grosszügig und hoffte somit, Bruno bald loszuwerden.

Sobald die Konvention unterschrieben war, durfte Bruno mein Haus nicht mehr betreten von Gesetz aus. Für die Kinder war es besser, noch bei mir und in ihrer Klasse zu bleiben, wo das Schuljahr sowieso fast zu Ende war. Dann, am ersten August, müssten die Kinder umziehen.

Endlich war es soweit und wir unterschrieben die Konvention am 15. Juni 1977.

Danach verliess ich das Büro, und Bruno kam mit. Währenddem wir miteinander die Treppe hinuntergingen, sagte Bruno:

«So, was willst du jetzt tun, wenn du die Kinder nicht mehr hast? Du kannst dich ja als Scheisseputzerin bewerben, für etwas anderes kann man dich sowieso nicht gebrauchen!»

Dann ging er zu seiner Geliebten.

Dies war der Dank für meine drei Kinder und alles worauf ich verzichtet hatte. Dazu nicht einmal eine saftige Rente verlangte. Aber was soll man von solch einem Ekel schon erwarten! Ich konnte nur darüber lachen. Aber leider war dieses Lachen eine Reaktion von einem Schock. Zum Glück war genau an diesem Abend Tanz-Club, wo ich mich etwas abreagieren konnte. Leider hörte mein Lachen nicht auf, ja es war verheerend, ich legte mich ins Bett und lachte weiter bis ich endlich total erschöpft einschlafen konnte.

Nach der Konvention

«Gott sei Dank!» Als ich am Morgen erwachte, war der Lachkrampf vorüber und ich konnte für meine drei Kinder wieder da sein.

Wie mir mein Anwalt befohlen hatte, sobald die Konvention unterschrieben sei, müsse ich als erstes, sofort alle Schlösser der Haustüren auswechseln. Von diesem Moment an werde mein Mann Bruno kein Recht mehr haben, das Haus zu betreten, weil er dann offiziell bei seiner Freundin wohne.

Ich fragte meinen Anwalt was passiere, wenn Bruno bei meiner Mutti die Schlüssel holen würde, um ins Haus zu gelangen? Da versicherte mir mein Anwalt mit diesen Worten: «Ich werde Ihrer Mutter einen Brief zukommen lassen, dass wenn sie im Besitz von Ihren Schlüsseln ist, dürfe sie während Ihrer Abwesenheit keinen Menschen ins Haus lassen. Andernfalls würde sie sich strafbar machen, wegen Hausfriedensbruch.»

Daheim, als Erstes, musste ich nun veranlassen, alle Schlösser auszuwechseln. Somit war ich endlich von diesem Ungeheuer befreit.

Sonnenschein und Luft

Eigenartig, ich fühlte, als wäre ich auf der Strasse, wo die Sonne scheint und ich endlich wieder atmen konnte. Nun wurde mir klar, was mein Traum bedeutete, kurz nachdem ich verheiratet war. Ich hatte dreimal denselben Traum. Ich träumte ich hocke in einem stockdunklen Loch. Dann entdeckte ich eine geknickte Röhre, die mir erlaubte hindurch zu kriechen. Beim Knick konnte ich aufstehen und von dort aus einen Sprung nach oben zu versuchen, wo ich mich mit einer Hand festhalten konnte, zwar nur mit den Fingerspitzen und mit der anderen Hand konnte ich den Deckel öffnen. Ich sah die Strasse im Sonnenschein. Leider hatte ich keine Kraft mehr und fiel gleich wieder in diese dunkle Hölle hinunter.

Nun war mir alles klar. Das bedeutete meine Ehe und nun war ich draussen auf der Strasse, wo ich endlich wieder atmen konnte und an der frischen Luft die Sonne sehen. Was für ein gutes und herrliches Gefühl!

Aber nun ging es an die Vorbereitung für meine Zukunft und auch für die Kinder, die mich ab August verlassen mussten. Nein, nein, nein, ich musste nun denken, sie gingen in ein Institut und könnten nur jedes zweite Wochenende nach Hause kommen. Das musste ich mir fest einprägen, sonst würde ich überschnappen. Ich wollte den Kindern möglichst alles geben, damit sie fähig waren, selber zu entscheiden was korrekt ist. Die letzten Tage mit meinen Kindern zusammen wollte ich noch richtig geniessen und die Ferien am Meer verbringen, um damit dem vorherigen Geschehen fern zu sein. Also sagte ich zu meinen drei Kindern: «Immer versprach ich Euch, sobald Ihr anständig essen könnt, werde ich mit Euch in ein feines Hotel gehen. Jetzt wo Ihr bald bei Papi wohnen werdet, will ich noch mit Euch ans Meer und ins Hotel zum Essen gehen. Ihr müsst mir aber versprechen, Euch anständig bei Tisch aufzuführen.»

Da freuten sich meine drei Kinder mit einem Hallo! Ich telefonierte meinen Freunden in San Remo, um mir eine Fünf-Zimmer-Wohnung zu suchen. Welches Glück, wir konnten im Haus von Darios Cousin wohnen, und das für wenig Geld. Im Hotel, wo ich jährlich mit meinen Eltern war, fragte ich, ob ich mit meinen drei Kindern jeweils zum Mittagessen kommen könnte. Dies wurde mir bewilligt, weil ich langjährige Kundin war. Normal ist, dass nur Hotelgäste in den Ess-Saal dürfen.

Damit ich die lange Reise mit meinen drei Kindern unternehmen konnte, fragte ich meine Cousine Erica, ob sie mitkommen würde. Sie war begeistert von dieser Idee und sagte zu.

Monsieur Charles

Nach all diesen Strapazen brauchte ich noch eine gute Erholung und machte zehn Tage Ferien auf Mallorca, während Mutti für die Kinder sorgte. Endlich konnte ich im Meer schwimmen und mich entspannen, was ich dringend brauchte.

Das Hotel stand auf einem Felsen in einer Bucht nahe bei Palma. Vom Hotel aus gab es eine Treppe hinunter zum kleinen Hotel-Strand. Ich genoss es so sehr am Meer. Jeden Morgen und auch am Nachmittag schwamm ich zu der kleinen Insel hinaus, welche ca. 30 Schwimmminuten entfernt war.

Einmal war das Meer ganz still und ich konnte mit den Fischen spielen. Das war so schön, dass ich mich längere Zeit bei der Insel aufhielt. Als ich wieder zurück an Land kam, sah ich wie etliche Leute beieinander standen und diskutierten. Ich fragte, was los sei. Dann erklärten sie: «Eine Frau ist vermutlich im Meer ertrunken. Sie schwamm einfach hinaus ins Meer und kehrte nie mehr zurück.»

«Ach, wie schrecklich, ist sie vielleicht von einem Hai gefressen worden?»

Plötzlich rief ein älterer Herr: «Da ist sie! Ja, da ist sie! Die Dame ist wieder zurück!»

Wir alle schauten uns um, doch dieser Herr kam direkt auf mich zu, nahm mich in den Arm und fragt: «Wo waren Sie? Wir waren so besorgt und haben Sie bereits als vermisst gemeldet.»

Man kann sich vorstellen, wie erstaunt ich war und antwortete: «Ach da draussen war es so schön und ich spielte mit den Fischen.»

Die Leute konnten es nicht begreifen, aber alle waren sehr freundlich zu mir und froh, dass ich wohlbehalten aufgetaucht war.

Dieser Herr erklärte mir: «Ich habe jeden Tag einen Liegestuhl für Sie besorgt und bemerkte, dass Sie immer so ca. eine Stunde schwimmen gingen. Heute aber kamen Sie nicht zurück. Als es bereits 5/4 Stunden waren und ich Sie weit und breit noch nicht sehen konnte, musste ich um Hilfe rufen. Ich war sicher, dass Ihnen etwas zugestossen war.»

Ich fand dies ja so nett von diesem Herrn, dass er sich so um mich kümmerte, obwohl ich ihn gar nicht kannte. Er stellte sich als Charles vor.

Nun passte Monsieur Charles erst recht auf mich auf. Jeden Tag besorgte er für mich einen Liegestuhl, in den ich mich kaum einmal setzte, weil ich lieber schwimmen ging. Monsieur Charles machte mir Komplimente, aber ich war natürlich nicht interessiert. Ich dachte, er solle sich besser andere Frauen angucken. Da kam eine Hübsche im Bikini daher. Sie hatte einen grossen Busen, den sie stolz präsentierte. Ich stupste Monsieur Charles und sagte: «Sehen Sie, da kommt die ideale Frau für Sie daher.»

Er gab mir eine Antwort, die ich leider nicht verstehen konnte: «Ich habe lieber Orangen als Grapefruit.»

«Aber, ich fragte Sie doch nicht nach Essen und warum wollen Sie Orangen?»

Er fand dies äusserst lustig und ich konnte nicht begreifen, weswegen er von Früchten sprach, wenn ich ihn auf eine Superfrau aufmerksam machte. Dann aber sagte er wieder so etwas Komisches: «Ich meine doch Grapefruit ist zu gross, eine Handvoll ist besser.»

Langsam verstand ich die Ausdrücke und ich zog mich etwas beschämt zurück.

Später beim Frühstücken lud mich Monsieur Charles ein, um mir die Stadt Palma zu zeigen. Dies nahm ich gerne an. Wie schön sind diese vielen kleinen Läden in den engen Gassen von Palma. Besonders gut gefielen mir die spanischen Spitzenschleier für die Kirche. Darum kaufte Monsieur Charles für mich einen ganz schönen Schleier, der sogar mit Pailletten bestickt war. Doch nicht genug, als mir die Toledo-Sachen gefielen, kaufte er trotz meinem Abweisen, einen Schlüsselanhänger aus Toledo, welcher mit einem echten Goldfaden verziert war, der eingehämmert wird. Es gibt so viele verschiedene Toledo-Sachen mit vielen Figuren. Ich konnte mich kaum sattsehen.

Nun lud Monsieur Charles mich in ein Strassencafé ein, wo ich mir die geschenkten Sachen nochmals anschaute. Mir gefiel beides so gut und ich werde für immer Sorge tragen und es vermutlich bis an meinem Tod in Ehren halten. Noch nie wurde ich so beschenkt und dies von einem sozusagen fremden Mann.

An einem anderen Tag, lud mich Monsieur Charles zu einem besonderen Abendessen ein. Er meinte ich müsste unbedingt mitkommen, wenn ich San Amador noch nicht kenne und er erklärte: «San Amador wird von einer Reisegesellschaft organisiert und wir werden mit einem Bus hingefahren. Dort, in einem früheren Bauernhof, werden lauter typisch spanische

Sachen zum Essen und Trinken serviert. Das muss man einmal erleben!»

Monsieur Charles war ein sehr zuvorkommender Gentlemen und so getraute ich mich, die Einladung anzunehmen. Der Abend war wirklich etwas ganz Besonderes gewesen. Monsieur Charles machte sogar ein Tänzchen mit mir.

Wie geht es weiter?

Nun musste ich mich entscheiden, welche Ausbildung ich wirklich machen sollte. Tanzlehrerin zu werden wäre vielleicht noch interessanter, als für meinen Beruf nachzuholen, wo es kaum eine freie Stelle gab. Ich musste genau überlegen, welchen Weg ich für meinen Beruf nach den Ferien wählte.

Unmöglich konnte ich einfach als Arztgehilfin und Laborantin wieder anfangen. Die Ärzte hatten viel weniger Arbeit, weil Rezession herrschte und deswegen gab es weniger ambulante Bauverletzte. Auch die Labors hatten weniger zu tun. Deshalb mussten meine Kolleginnen sich einen Job als Sekretärin suchen. Im Büro zu arbeiten – nein, das gefiel mir gar nicht.

Dass der Tanztrainer Hilfe brauchte war doch wie ein Geschenk vom Himmel und so entschied ich mich zur Tanzlehrerausbildung. Also fragte ich Rolf den Trainer: «Wo könnte ich die Ausbildung machen?»

Er aber glaubte, ich hätte doch genügend Erfahrung vom Eistanzen und könnte sofort nach den Sommerferien mit Unterrichten anfangen. Im Rheintal hätte er schon Diverses vorbereitet, nur könne er unmöglich überall sein. Er würde mir die nötigen Instruktionen geben, damit ich bereits Verschiedenes übernehmen könnte. Auch würde er mich professionell darauf vorbereiten, damit ich im August sofort mit der Arbeiten anfangen könnte. Nun hatte ich wieder ein Gefühl zum Leben. Für mich war es wirklich wundervoll!

Vorbereitung für die Tanzschule

Will man eine Tanzschule eröffnen, muss man Verschiedenes organisieren und Reklame erfinden für Zeitungen und Plakate zum Aufhängen, auch Reklamezettel zum Austragen. Also ein ganz anderes Gebiet betreten, wovon ich kaum eine Ahnung hatte. Aber glücklicherweise gab mir Rolf Anweisungen und so konnte ich bereits damit beginnen.

Hatte Rolf im Kanton St. Gallen zu tun, kam er zu mir nach Hause, um mir professionellen Unterricht zu erteilen, damit ich trotzdem auf die Kinder aufpassen konnte, solange sie noch bei mir waren. Trotz allem hatte ich Angst meiner Sache nicht gewachsen zu sein. Rolf hingegen meinte ich wäre fähig und er hatte volles Vertrauen in mich.

Weil Rolf für sich schon einige Vorbereitungen im Rheintal gemacht hatte, um Kurse zu geben, kam mir dies zugute. Er übergab mir alle Unterlagen und Adressen, damit ich gleich von ihm die Kurse übernehmen konnte. Welches Glück!

Für meine Reklame entdeckte ich ein Foto von dem jungen Geschwisterpaar Patsy und Damian Hull in einer End-Pose. Diese Pose gefiel mir sehr gut und inspirierte mich für mein Logo. Sofort probierte ich die Konturen von diesem Tanzpaar zu zeichnen, indem ich dieses Paar zusammenrückte und leicht hintereinander stellte. Meinen Entwurf zeigte ich im Tanz-Club. Zum Glück gefiel dieser allen. Da offerierte mir Peter, ein begeisterter Turniertänzer, dieses Sujet für ein Cliché zu präparieren. Wieder hatte ich Glück!

Als ich nun diese retouchierte Cliché-Zeichnung bekam, brachte ich diese sofort zur Druckerei, um ein Cliché zu machen, welches damals zuerst aus Zink hergestellt werden musste. Ich bestellte Briefbögen mit passenden Couverts dazu, welche mit meinem Signet und Adresse versehen wurde. Plakate brauchte ich auch, wo man von Hand den Ort, das Datum und Zeit einfügen konnte. Alle diese Vorbereitungen gaben sehr viel Arbeit, aber nun hatte ich Aufschwung und die entsprechende Kraft dazu.

Trotz allem waren meine drei Kinder immer an erster Stelle. Das Wichtigste für mich war, sie möglichst gut vorzubereiten auf ihre Selbständigkeit. Es würde den Kindern nicht so leicht fallen, sich an ein anderes Niveau zu gewöhnen. Sie wohnten ja ab 1. August bei ihrem Vater und zusammen mit Erika. Diese Frau probierte ja, meine Kinder mit Geschenken zu verwöhnen, um sie anzulocken, gleich wie die Hexe bei Hänsel und Gretel.

Aber wie sollte es aussehen, wenn sie die ganze Woche, ja Monate und Jahre zusammen sein werden? Leider konnte ich nichts ändern und ich musste einfach denken, ich habe das Beste aus der ganzen Angelegenheit gemacht, auch wenn es gar nicht rosig aussieht.

Bevor die Ferien anfingen hatte ich noch soviel zum Vorbereiten mit den Kindern und für meinen neuen Beruf. Zum Glück klappte alles mit der Ferienwohnung am Meer. Auch mit dem Mittagessen im Hotel, was mir mit meinen Kindern erlaubt wurde. Natürlich freuten sich meine Kinder so richtig darauf, auch ich war viel entspannter ohne Bruno und blickte mit neuem Elan in meine Zukunft.

San Remo

Ich wollte noch die letzten Tage mit meinen Kindern richtig geniessen und drei Ferienwochen in San Remo verbringen. Mit Hilfe meiner Cousine Erica ging alles bestens.

Am Abend bat ich die Kinder, schnell ins Bett zu gehen, damit ich noch Zeit fände für eine Geschichte. Das klappte prima und ich erzählte jeweils nach dem Beten etwas das die Kinder beruhigte, oder etwas zum Lachen. Meine Kinder baten mich, ihnen nochmals von der Kreuzfahrt zu erzählen, welche ich mit meinen Eltern gemacht hatte. Besonders wollten sie nochmals vom Sturm wissen, wie wir diesen erlebt hatten.

Also erzählte ich von diesen aussergewöhnlichen Dingen die passiert waren. Meine Kabine musste ich mit einer verheirateten Frau teilen. Sie und ihr Mann hatten sich zu spät angemeldet. Da es keine freie Doppelkabine mehr gab, war dies der Grund, warum die Frau zu mir in die Kabine gekommen war. Ihr Mann musste die Kabine mit einem anderen Mann teilen.

Meine Bettnachbarin stellte ihren Wecker auf fünf Uhr morgens, damit sie den Sonnenaufgang erleben konnte. Während der Nacht, als wir den Golf du Lion durchquerten, begann ein fürchterlicher Sturm. Vom starken Wellengang fiel der mächtig grosse, uralte Wecker zu Boden und mit ratterten Geräusch rollte dieser von einer Wand zur anderen. Auch die Türe zum Bad rutschte aus dem Schloss und schlug auf und zu. Sogar der Zahnbecher fiel aus der Vertiefung hinaus und rollte ebenfalls auf dem Boden hin und her. Das Schiff krächzte so, dass es jeden Moment zerbrechen konnte. Mir wurde klar, dass wir ohne weiteres in den nächsten Minuten auf dem Meeresgrund landen könnten.

Dann öffnete sich leise die Türe und der Mann von meiner Bettnachbarin fragte mit halb singender Stimme: «Babetli, Babetli, Babetli, bist Du schon wach?»

Nun lachten die Kinder so und sie wollten weiter davon hören und wie es ihren Grosseltern erging.

Nonna und Nonno schliefen in einer Viererkabine zusammen mit ihren Freunden. Nonno lag oben und über seiner Nase wirbelte ein Propeller kühlende Luft herein, sodass Nonno nicht schlafen konnte. Nonna lag unten und konnte auch nicht mehr schlafen, denn es dröhnte und krächzte so unheimlich, als würde nächstens das Schiff in zwei Stücke zerrissen. Also zogen sie sich an. Nonno wollte auf Deck, um zu sehen wie es stürmte. Später erzählte er, dass er zum ersten Mal so richtig Angst hatte. Die Wellen waren wie grossmächtige

Berge, auf die das Schiff hinauffuhr und dann krachend kippte und hinunter ins tiefe Tal stürzte und die nächste Welle das riesengrosse Schiff einfach komplett zudeckte.

Nonna wollte nach mir sehen. Ich hatte es vorgezogen flach zu liegen, und damit fühlte ich mich nicht so übel, sicher auch, weil meine Kabine weiter oben war. Ich riet Nonna, sich wieder ins Bett zu legen, damit es ihr weniger schlecht sei. Später erzählte Nonna, als sie die Treppe hinunterging, kam ihr aus der Toilette die Jauche entgegen und lief direkt in ihre Kabine. Als sie die Türe öffnete schwammen der Koffer und Nonnos Schuhe in der Jauche herum. Sogar von ihrem so teuren Nachthemd hing ein Teil vom Bett herunter und baumelte in dieser stinkenden Brühe hin und her.

Meine Kinder fanden dies so lustig, dass sie sich die Bäuche hielten und vor lauter Lachen flossen ihnen Tränen über die Wangen. Rahel musste sogar teilweise richtig schreien.

Bevor das Gewitter kam hatte ich draussen im Garten noch schnell eine Kaktusblüte gepflückt, «Königin der Nacht» genannt, weil diese Blüte nur eine Nacht lang blüht.

Nun öffnete Erica schnell die Türe und fragte: «Was soll ich mit dieser Kaktusblüte machen?»

«Nimm diese in die Stube, damit wir diese Königin der Nacht, die nur diesen Moment blüht, bestaunen können.»

Soeben löschte das Licht vom Blitzschlag. Ich rief Erica nach: «Jetzt kannst Du die Königin der Nacht anschauen.»

Natürlich verstanden meine Kinder diesen Witz und wir alle mussten uns winden vor Lachen, ja sogar die Bäuche platzten schon bald.

Dann kam Erica schon wieder und ganz verdattert sagte sie leise: «Ich habe fürchterliche Angst in dieser Dunkelheit, jemand pocht an die Haustüre.»

Die Kinder und ich fanden dies so lustig, wie sich Erica vor nichts fürchten konnte. Wir lachten sie einfach aus. Dann tröstete ich sie und sagte: «Erica hier brauchst du wirklich keine Angst zu haben.»

Sofort ging ich zur Tür, um nachzuschauen, was das sein könnte.

Da stand der kleine Mann Augustino mit einem Kerzenleuchter in der Hand, der fast grösser war als er. Mit sehr fürsorglicher Stimme sagte er: «Ihr müsst nicht weinen, es ist nicht gefährlich, ich habe euch Licht mitgebracht.»

Dies war so ulkig, dass ich im Moment keinen Ton herausbrachte vor Lachen. Dann probierte ich zu antworten und bat Augustino hereinzukommen, um sich selber zu vergewissern, dass wir es so lustig hatten und was er hörte, waren unsere Lachschreie. Auf keinen Fall flossen unsere Tränen wegen der Angst.

Beruhigt ging Augustino wieder zurück in seine Wohnung. Nach dieser Lacherei konnten wir alle gut schlafen, aber auch wegen dem abkühlenden Regen.

Stürmisches Meer und Erica

Das Meer war sehr stürmisch, drei rollende Wellen hintereinander kamen daher. Trotzdem ging ich mit allen drei Kindern hinaus. Marco und Rahel erklärte ich: «Beim Hinausschwimmen, wenn eine grosse Welle sich überschlägt, müsst Ihr einfach hinuntertauchen und nach vorne schwimmen.»

Zuerst begleitete ich Marco und dann Rahel mit ihren Luftflügeli. Die beiden hatten es schnell begriffen und das ging wirklich gut. Zuletzt nahm ich die kleine Gabriella, sie warf ich in die Höhe über die Welle und ich tauchte unten durch. Gabriella bekam zwar Angst als sie sich alleine fühlte, aber als ich wieder auftauchte freute sie sich, mit mir zusammen in den Wellen zu schaukeln.

Dann ging es auch wieder aus dem wilden Meer hinaus. Zu Gabriella sagte ich: «Jetzt musst du ganz schnell mit Mami hinausrennen.» Das war kein Problem.

Dann schwamm ich zu Marco und Rahel hinaus, erklärte und zeigte ihnen, wie sie heil aus dem Meer kommen können. Zuerst Marco. Er musste warten bis ich ihm zurief, um ganz schnell zu mir heraus zu schwimmen, wo ich ihm die Hand reichte und ihm half beim Herausspringen. Rahel, die den Vorgang gesehen hatte, musste nun dasselbe tun. Auch sie kam mit Leichtigkeit heraus.

Am Strand fanden wir meine Cousine Erica in einem ganzen verdatterten Zustand. Sie versprach mir, es später zu erzählen.

Sie wollte es nicht in Gegenwart der Kinder erzählen, warum sie in diesem Zustand war. Dann begann sie: «Die Wellen waren so gross. Ich getraute mich nicht zu schwimmen. Also ging ich nur bis zum Bauch ins Wasser. Die Wellen kamen und hoben mich in die Höhe. Dann zogen sie nach unten hinaus und ich musste mich quer stellen, um meinen Stand nicht zu verlieren. Aber ich genoss es in allen Zügen, denn das sprudelnde Wasser war wie eine angenehme Massage.

Auf einmal sprach mich ein Mann an. Ich verstand nicht, was er von mir wollte und sagte wütend: «Bitte, was wollen Sie von mir?»

Zu meinem Entsetzen antwortete er: «Gar nichts, aber wollen Sie nicht bitte Ihre Bikinihose wieder hochziehen?»

Da entdeckte ich voll Schrecken, dass das Meer meine Hose hinunter gezogen hatte, ohne dass ich etwas davon merkte. Dies war so furchtbar peinlich. Im Traum ist es schon schlimm, aber das war Wirklichkeit und zudem wusste ich nicht, wie lange ich so dagestanden hatte, und wie viele Leute mich gesehen hatten. Zu allem Übel, war es ausgerechnet ein Mann, der mich darauf aufmerksam machen musste.»

Im Hotel

Es war besser eine Wohnung in San Remo zu mieten, weil die Kinder noch zu klein waren. Zuhause zeigte der Vater unseren Kindern sogar extra schlechte Manieren um mich zu provozieren. Ärgerte ich mich, dann hatte er seinen Triumph und die Kinder bekamen lauter vulgäre Wörter zu hören oder noch Schlimmeres.

Wie soll man auf diese Art die Kinder anständig erziehen und ihnen gute Tischmanieren beibringen? Darum versprach ich meinen Kindern: «Wenn Ihr gelernt habt anständig zu essen, werde ich mit Euch Ferien in einem schönen Hotel verbringen.»

Nun war es soweit. Aber eines Tages merkte Rahel, dass Marco noch nie seine schlechten Manieren zeigte und somit fing sie damit an. Ich wies sie zurecht, aber sie lachte und machte weiter. Da erklärte ich ihr: «Wenn man nicht anständig essen kann, kann man nicht in einem Hotel essen. Falls du dies nicht verstehen willst, kannst du morgen draussen essen.»

Sie wollte mir einfach nicht glauben. Da rief ich den Kellner und sagte: «Morgen müssen Sie für Rahel nicht decken, weil sie noch nicht anständig essen kann.»

Sage und schreibe, da fing die kleine Gabriella auch an und schroff sagte ich zu ihr: «Für dich gilt dasselbe.»

Auch sie machte weiter. Ich bestätigte ihr, dass wenn sie nicht aufhöre, werde auch sie morgen nicht am Tisch essen. Das fand sie sogar lustig und machte weiter. Also rief ich nochmals dem Kellner und sagte: «Morgen werde ich mit Marco alleine Mittagessen. Also bitte, morgen brauchen wir nur zwei Gedecke.»

Die beiden Mädchen glaubten einfach nicht, dass ich so etwas zu tun im Stande wäre. Aber am anderen Tag sagte ich dem Badmeister: «Die beiden Mädchen haben sich so schlecht aufgeführt am Tisch und mich herausgefordert, bis ich sie mit diesem Entscheid warnen musste. Auch wenn es mir sehr schwer fällt, die beiden Mädchen müssen hier essen. Geben Sie ihnen alles, nach was sie Lust haben. Auf keinen Fall dürfen sie heute im Hotel essen. Leider!»

Der Badmeister fand, dass ich zu streng wäre und ich könnte doch die Kinder nicht alleine lassen. Aber ich musste dies tun, um den Kindern eine gute Erziehung zu geben, dass ein Wort ein Wort ist!

Marco hatte gesehen, dass nur zwei Gedecke auf dem Tisch waren, und die Schwestern wirklich unten am Strand bleiben mussten. Er war stolz und strahlte, dass einmal er der Brave war. Ich war glücklich, weil ich gesehen hatte, dass Marco ganz genau wusste, wann er sich anständig benehmen muss und es auch kann.

Am Tag darauf wussten aber alle drei, was sich gehört. Zur meiner Überraschung kamen sogar die Hotelgäste an den Tisch und machten Komplimente, wie so kleine Kinder schon so gute Essmanieren hätten. Das hörten wir alle gerne und die Kinder probierten erst recht, sich gut zu benehmen.

Signore Professore

Von früher her kannte ich den Signore Professore aus Mailand, der regelmässig im Hotel zu Gast war. Ich erzählte ihm wie gerne ich tanze. Er tanzte auch sehr gerne und lud mich sofort ins Casino zum Tanzen ein.

Ich machte mich schön und zog mein langes Kleid an. Aber ich musste aufpassen, dass Augustino nichts merkte, wenn ich abends alleine ausgehe und sogar von einem Herrn abgeholt werde. So schlich ich durch die Hintertüre durch den Garten. Erica half mir dabei und so, dass ich auf die gleiche Weise zurückkommen konnte.

Im Casino gingen wir ins Roof Dancing. Eine Big Band von elf Mann spielte. Sie alle waren mit weissem Smoking gekleidet. Das sah toll aus! Die Tanzfläche war etwas erhöht, sodass man drei Stufen hinaufsteigen musste. Obwohl Signore Professore rundlich und etwas kleiner war als ich, konnten wir sehr gut miteinander tanzen. Viele Leute schauten uns lieber zu, als selber zu tanzen. Die Big Band spielte einen Tango, und die romantische Mondnacht dazu war wirklich ein Erlebnis. Signore Professore tanzte mit mir die tollsten Figuren und auch den Casquait. Oh weh! Unglücklicherweise stieg Signore Professore auf mein Kleid und rutschte in diesem Moment aus. Leider endete dieser Casquait am Boden und wie peinlich, er fiel direkt auf mich drauf, und dies, wo wir doch wie auf einer Bühne ausgestellt waren und alle Leute uns sehen konnten. Ach, es war so schrecklich, aber zum Glück war weiter nichts passiert und wir konnten trotzdem köstlich lachen. Auch die ganze Gesellschaft lachte herzlich mit, sogar alle vom grossen Orchester, wo allerdings die Bläser Schwierigkeiten hatten und vor lauter Lachen Katzenmusik bliesen.

Signore Professore entschuldigte sich, es war ihm gar nicht recht, dass er mich in diese peinliche Lage brachte. Ich konnte ihn trösten, denn trotz der Tragik, war es doch sehr lustig. Für mich wurde dies ein unvergesslicher Abend. Signore Professore begleitete mich nach Hause. Damit niemand mein Heimkommen merkte, liess er das Auto ohne Motor vors Haus rollen. Ich schlich wieder mit den Schuhen in der Hand durch den Garten und durch die hintere Zimmertüre ins Haus.

Erica war immer noch wach und fing an zu erzählen: «Augustino wollte uns einladen und ich musste eine Ausrede suchen, weil du nicht da warst …»

In diesem Moment hörten wir oben im Haus ein Geräusch. Hatte jemand uns gehört? Doch dann hörten wir, wie es vom Balkon hinunterregnete. War das Augustino? Das kann ja wohl nicht sein, dass der da uriniert? Erika und ich platzten fast vom Zurückhalten des Lachens. Es schüttelte uns dermassen, dass unser grosses Doppelbett, das wir miteinander teilten, sich auf und ab bewegte.

Deswegen kam mir der Film in den Sinn, wo Dick und Doof, auch solch ein Bett teilten. Als Dick sich ins Bett fallen liess, spickte Doof aus dem Bett. Genauso kam es mir in diesem Bett vor. Erica und ich amüsierten uns noch lange über Diverses. Natürlich musste ich ihr auch erzählen, wie der Abend mit dem Signore Professore verlaufen war. Auch das war so lustig, dass wir Schwierigkeiten hatten leise zu sein.

Heimweg von San Remo

Als die Ferien zu Ende waren, fuhren wir zurück in die Schweiz. Diesmal endete die Reise beim Vater der Kinder. Seit dem 15. Juni wohnte er ja offiziell mit seiner Freundin zusammen. Er schaute unsere Kinder als sein Besitztum an und deswegen war es für sie ruhiger beim Vater zu wohnen, der mit seiner Freundin netter als mit mir umgehen musste. Die Kinder hätten ja mitleiden müssen, bei dieser Zermürbung.

Bevor ich mich von meinen drei lieben Kindern verabschiedete, wollte ich noch in einem Restaurant an einem Tisch mit ihnen zusammensitzen und etwas trinken. Da mein Portemonnaie einen durchsichtigen Boden hatte, musste ich kalkulieren. Ich beglich die Rechnung, wo mitsamt dem Trinkgeld für den Kellner noch etliche Rappen übrig blieben. Da kippte ich mein Portemonnaie und sagte dem Kellner: «Das ist mein letztes Geld, das können Sie auch noch haben.»

Als wir zurück zum Auto gingen, konnten meine Kinder nicht begreifen, dass ich bei nur noch so wenig Geld auch noch dieses verschenkte. Darauf antworte ich: «Jetzt bin ich eben der Hans im Glück! Das ist auch schön.»

Nachdem ich mich von meinen drei lieben Kinder verabschiedetet hatte, weinte ich bitterlich. Ich hatte nicht einmal meine eigenen Kinder, für die ich so viel gelitten hatte und für immer darunter leiden werde. Dazu musste ich nochmals neu anfangen, weil ich nun gleich weit war wie vor 20 Jahren.

Lea 1 Meine Kinderjahre

ISBN: 978-3-9523931-0-9

Die Autorin erzählt von vielen verschiedenen und unterhaltsamen Erlebnissen in der Zeit von 1936 bis 1951.
Als Kleinkind war sie häufig mit ihrer Mutter in den Ferien in Fürigen. Das Hotel, mit grossem Gelände, bot viele Gelegenheiten für spannende Abenteuer. Zuhause waren die Männer während des 2. Weltkrieges im Militär und ihre Mutter musste das Geschäft führen. So blieb Lea oft auf sich alleine gestellt und entdeckte die Welt auf eigene Faust. Ein ehrliches, unterhaltsames Buch, das an fröhliche und amüsante Ereignisse erinnert und Einblicke in vergangene Zeiten vermittelt.

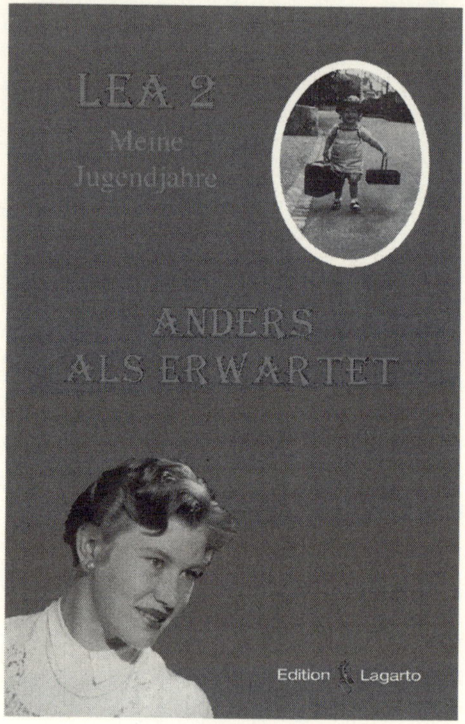

Lea 2 Meine Jugend

ISBN: 978-3-9523931-2-3

Die Autorin erzählt von den Fünfzigerjahren bis zur ihrer Hochzeit 1967.

In diesem zweiten Buch schildert sie ihre Jugend in der Zeit vor der Pille. Lea wollte eine gute Hausfrau werden, in Lausanne besser Französisch und in England gut Englisch lernen. Immer wieder erlebte sie Aussergewöhnliches. Beim legendären Eissporttrainer Jack Gerschwiler lernte sie das Eistanzen. In ihrem Leben spielte der Tiefseetaucher Hannes Keller eine grosse Rolle. Ihre sieben Jahre dauernde Ferienbekanntschaft fand ein tragisches Ende. Wegen der Erwartungen ihrer Eltern heiratete sie schliesslich.